Dieux de la mythologie grecque

par Marie-Thérèse Adam

GALLIMARD JEUNESSE

Collection dirigée par Claude Gutman

Présentation générale

Qu'ils soient nommés « fondateurs », « fondamentaux », « essentiels »..., certains livres ont eu une telle importance dans l'histoire des civilisations, à différents moments de leur existence, qu'il semble indispensable d'en proposer la lecture, permettant ainsi au lecteur de posséder les outils nécessaires pour déchiffrer le monde qui l'entoure. Si un « cheval de Troie » attaque son ordinateur, c'est que l'*Iliade* et l'*Odyssée* continuent toujours à nous solliciter.

Offrir ces textes universels, c'est mesurer le chemin parcouru depuis leur naissance, en revenant aux sources, pour montrer ce qu'ils étaient précisément, dépouillés de toutes les déformations subies par les siècles. C'est cesser de confondre les œuvres elles-mêmes avec les commentaires, histoires, légendes qui les accompagnent.

Nous retournerons donc aux textes, à leur authenticité chaque fois que nous le pourrons, sans nous interdire, s'il le faut, d'autres formes d'approches plus aptes à présenter ces textes universels à un vaste public. Nous nous fonderons, autant que faire se peut, sur les textes originaux (en hébreu, grec, latin, chinois...) dans des traductions nouvelles écrites dans un français contemporain et compréhensible. Ni savant, ni démagogique, dans le respect du lecteur et des œuvres, Folio Junior Les universels forme l'entreprise d'offrir à la lecture contemporaine des ouvrages parfois vieux de plusieurs milliers d'années et qui sont le socle de notre culture qu'on ne saurait limiter au monde occidental. Il est des « essentiels » comme la Bible ou le Coran... Il en est d'autres d'Asie, d'Amérique du Nord ou du Sud, des pays nordiques, d'Afrique... qui méritent tout autant d'attention. Nous ne nous interdisons aucune piste pour offrir aux lecteurs ces assises culturelles sans lesquelles nous ne serions pas qui nous sommes.

Notre volonté sera marquée par la simplicité, la lisibilité. Nous voulons donner envie de lire.

À celui qui voudrait approfondir ses savoirs, un cahier illustré - qui ne prétend à aucune exhaustivité - donnera quelques clés nécessaires pour décrypter les œuvres d'art qui l'entourent et qui sont nées de ces textes. Qu'en est-il de la peinture, de la littérature, de la sculpture, de la musique, du cinéma, de la publicité... issus de ces ouvrages qu'on croit arides, à tort ? Rien de rebutant, rien de pédant : juste quelques pistes pour aller plus loin. Si nous y parvenons, ce sera un pas fait vers les autres, leurs cultures, par le biais des textes. Se réapproprier son héritage culturel et s'ouvrir à celui des autres : un objectif à la fois modeste et ambitieux. C'est le pari de Folio Junior Les universels.

Claude Gutman

La religion de la Grèce antique

La religion grecque est polythéiste[1] : les dieux sont nombreux en effet, et, parmi eux, douze plus importants, les douze Olympiens, qui se partagent la souveraineté du monde. À la différence des religions d'Orient où les dieux sont souvent représentés sous forme d'animaux ou de monstres, les dieux grecs sont des dieux à forme humaine : on dit qu'ils sont anthropomorphes[2]. Ils ressemblent aux hommes en tout et sont animés des mêmes passions. Ils sont jaloux de leur pouvoir et punissent férocement les hommes qui veulent le leur disputer, car ils sont garants de l'ordre du cosmos, selon lequel chacun a une place assignée.

Ces dieux n'existent pas de toute éternité, ils sont nés mais ils gouverneront le monde jusqu'à la fin des temps. Ils sont tout-puissants mais cependant soumis à des limites : ainsi ne peuvent-ils pas empêcher la mort ou interférer dans le destin des hommes. Ces dieux anthropomorphes ont dû s'imposer pour régner. Ils ont combattu les premières divinités, nées de la Terre, qui forment une création monstrueuse et désordonnée. Pour ce combat, ils se font parfois aider par les enfants qu'ils engendrent avec des mortelles et qu'on nomme des

1→ Le mot est composé de *poly* qui signifie « beaucoup » et de *theos* qui signifie « dieu ».

2→ Le mot est composé de *anthropos* qui signifie « homme » (au sens d'être humain) et de *morphê* qui signifie « forme ».

héros. L'exemple le plus éclatant de ces héros est Héraclès. Les dieux grecs ont donc une histoire.

L'histoire des dieux s'appelle la mythologie. En grec, le mot *muthos*, qui est à l'origine du mot français *mythe*, signifiait simplement « parole, discours ». Puis le mot s'est spécialisé pour évoquer plutôt une histoire inventée, un récit. Mais à la différence de la légende, le mythe n'est pas seulement une histoire que l'on raconte pour le plaisir. Le mythe n'est jamais gratuit, on y trouve toujours une ou généralement plusieurs significations. La fonction du mythe est d'évoquer les grands mystères qui inquiètent l'humanité : l'origine et la fin du monde, la présence de forces incontrôlables par l'homme. Certains Grecs demandaient à la religion des règles de vie plus précises et l'assurance du bonheur outre-tombe. Ils se tournaient alors vers l'*orphisme*, qui enseignait que l'âme, prisonnière du corps, serait libérée par la mort et n'atteindrait le bonheur suprême qu'en se purifiant par une série de réincarnations. D'autres pratiquaient les mystères, des cérémonies, réservées à des initiés, permettant d'entrer en contact avec la divinité et d'obtenir la félicité éternelle. Mais cela ne les empêchait pas de pratiquer la religion officielle, qui était le ciment de la société.

Les cultes étaient célébrés en commun et liaient d'un lien sacré et indissoluble les membres de la famille, quand il s'agissait de cultes privés, ou de la cité, pour les cultes publics. Par des prières, des libations[1] et des

1→ Une libation consiste à faire tomber d'une coupe quelques gouttes de lait, de vin ou d'huile.

offrandes (fruits ou sacrifices d'animaux), le père de famille honorait devant l'autel domestique Hestia, la divinité du Foyer, Zeus, protecteur de toute habitation, et les esprits des ancêtres. Chaque cité avait un ou des dieux protecteurs. La piété envers les dieux de la cité se manifestait dans tous les actes de la vie publique. Chaque cité avait ses grandes fêtes religieuses. Et, malgré leur organisation politique en cités parfois adversaires, les Grecs se reconnaissaient en un seul peuple et honoraient les mêmes dieux. Il y avait donc des cultes qui les rassemblaient tous, des cultes panhelléniques[1], comme les jeux Olympiques, qui se déroulaient tous les quatre ans en l'honneur de Zeus. Les Grecs pensaient que leur destin était prévisible et que les dieux, en particulier Apollon, pouvaient le leur révéler. C'est pourquoi ils consultaient des oracles dont le plus renommé se situait à Delphes.

1→ Le mot est composé de *pan* qui signifie « tout » et d'*hellène* qui signifie « grec ».

Dieux grecs et romains

La religion latine et la religion grecque sont proches. Mais la plupart des mythes et des légendes sont grecs. Cependant, dès le VIe siècle avant notre ère, quand ils se sont rapprochés des Grecs, lors de relations commerciales ou de la conquête de la Grèce par Rome au IIe siècle avant notre ère, les Romains ont assimilé les dieux grecs à leurs dieux en gardant leur nom latin. Ils ont agi de même pour certains héros. Voici donc les correspondances entre leurs noms.

Les Grecs	**Les Romains**
Aphrodite	Vénus
Apollon	Apollon
Arès	Mars
Artémis	Diane
Athéna	Minerve
Cronos	Saturne
Déméter	Cérès
Dionysos	Bacchus
Les Érinyes	Les Furies
Éros	Cupidon
Hadès	Pluton
Héphaïstos	Vulcain
Héra	Junon
Héraclès	Hercule
Hermès	Mercure
Hestia	Vesta
Les Moires	Les Parques
Perséphone	Proserpine
Poséidon	Neptune
Zeus	Jupiter

La création du monde

Avant la création du monde, il y avait Chaos. Chaos, c'est l'abîme, la profondeur. Qu'y avait-il dans cette profondeur ? Difficile à dire ! Le vide ? Ou tous les éléments mêlés dans la confusion la plus totale ? Nul ne le sait. Tout ce qu'on peut dire, c'est que de Chaos naquit Gaïa, la Terre. On dit parfois qu'ensuite Chaos mit au monde Éros, l'Amour, qui préside à la création de tous les êtres vivants. Mais d'autres pensent qu'Éros ne naquit que beaucoup plus tard, des amours d'Aphrodite et d'Arès.

Alors Gaïa, la Terre, mit au monde un être aussi grand qu'elle, capable de la recouvrir tout entière : Ouranos, le Ciel. Ensuite, seule, elle enfanta les montagnes et les mers. En même temps, Chaos faisait naître Nyx, la nuit, et Érèbe, les ténèbres infernales qui, plus tard, accueilleront les morts. Mais la nuit mit au monde son contraire, la lumière du jour, et Éther, l'air le plus pur. Le monde commençait à s'organiser : la Terre, un disque entouré d'eau, au-dessous l'Érèbe, au-dessus l'Éther puis le ciel.

Puis Ouranos et Gaïa s'unirent. Elle mit au monde une formidable et effrayante descendance : d'abord six garçons, qu'on appelle les Titans, et leurs six sœurs. De Gaïa, naquirent aussi trois cyclopes au cœur violent et brutal ; sur leur visage, un seul œil, rond, au milieu du front. Et, toujours aussi farouches, trois géants dotés chacun de cent bras. Mais Ouranos détestait ses enfants et, dès leur naissance, il les renfermait l'un après l'autre dans le sein de leur mère, Gaïa, qui devenait énorme.

Pendant ce temps, Nyx, la nuit, avait aussi de nombreux et terribles enfants : Thanatos, la mort, et Hypnos, le sommeil ; les Kères, des déesses vengeresses, noires avec d'horribles grandes dents, des ongles immenses pour déchirer les cadavres et boire leur sang. Elle mit aussi au monde Némésis qui punit tout ce qui peut troubler l'ordre du monde, les Moires[1], trois sœurs qui décideront de la destinée de chacun à l'aide d'un fil : la première le tord sur son fuseau, la seconde l'enroule et la troisième le coupe. Personne, ni les dieux ni les mortels, ne pourra jamais les faire revenir sur leurs décisions. Elle eut aussi les Hespérides, qui vivent au-delà de l'océan, là où le jour fait place à la nuit. Elles prennent soin d'un jardin où pousse un arbre qui donne des pommes d'or. Nyx eut tellement d'enfants qu'on ne peut le citer tous mais ils représentent tous des peines et des souffrances.

La Mer aussi eut de nombreux descendants. Parmi eux, Nérée, appelé le vieillard de la mer. C'est un dieu bienfaisant. Reconnaissable à sa barbe blanche, armé d'un trident, il hante les flots, sur le dos d'un triton. Il a le pouvoir de se métamorphoser en n'importe quel animal et il en usera, beaucoup plus tard, pour échapper aux questions des hommes et en particulier d'Héraclès qui avait besoin, pour l'un des ses travaux, de connaître le chemin du jardin

1→ Les Moires sont plus connues sous leur nom latin de Parques. Le mot Moire vient du grec *moïra* qui signifie « la part », représentant la part de destin assignée à chaque homme.

des Hespérides[1]. Il eut cinquante filles toutes plus belles les unes que les autres et que les divinités se disputeront pour épouses.

Mais parmi les descendants de la Mer, naissent aussi beaucoup de monstres : Géryon aux trois têtes dont Héraclès emmènera les bœufs après l'avoir tué, Échidna, une belle femme aux joues roses et aux yeux pétillants mais dont le corps se termine en queue de serpent dont elle a aussi la cruauté. Les enfants d'Échidna ne lui céderont en rien. Ce sont Cerbère, le chien à trois têtes, qui gardera l'entrée des Enfers, Chimère à tête de lion, chevelure de serpents et corps de chèvre. Elle hérite en outre de sa mère un corps de serpent. Échidna enfante aussi l'hydre de Lerne, le lion de Némée. Plus tard, le rôle des héros sera d'exterminer ces bêtes malfaisantes.

Ainsi, au commencement du monde, régnaient surtout cruauté et monstruosité.

1→ Lire l'histoire d'Héraclès dans *Héros de la mythologie grecque* (Folio Junior Les universels).

Qui sera le maître du monde ?

Cronos

Tous les enfants de Gaïa restaient donc, par la volonté d'Ouranos, enfermés dans le ventre de leur mère. Devenue énorme, la pauvre Gaïa souffrait et gémissait. En vain ! Ouranos demeurait intraitable : il haïssait ses enfants et ne voulait pas qu'ils puissent sortir pour lui ravir la moindre parcelle de son pouvoir. Mais il continuait à en engendrer, tous plus monstrueux les uns que les autres. Gaïa n'en pouvait plus. Pour se libérer, elle eut recours à la ruse.

Elle sort de ses entrailles le fer le plus dur. Elle en fabrique une serpe, qu'elle affûte très soigneusement, et la présente à ses enfants en leur proposant de l'utiliser pour couper les testicules de leur père. Mais tous ont peur ! Aucun ne veut se charger de cette besogne sanglante. Et pourtant ils voudraient tant sortir du ventre de la Terre ! Seul Cronos, un des Titans, ose prendre la serpe, au grand plaisir de sa mère.

– C'est moi, mère, qui nous vengerai d'Ouranos. Je n'éprouve ni crainte ni remords car c'est lui qui a commencé à se conduire en tyran.

Il se cache et se place en embuscade. Il attend le moment où son père, plein de désir, vient couvrir Gaïa. Quand Ouranos s'étend sur elle, Cronos lui saisit les testicules de la main gauche, les fauche de la droite et les jette au loin derrière lui. Ouranos, émasculé, crie et lance des malédictions sur Cronos, le menaçant d'un sort pire que le sien.

Des gouttes de sang s'échappent de la blessure et éclaboussent la Terre. Il en naîtra les nymphes des frênes, jeunes filles qui habitent dans les arbres, de puissants géants aux armes étincelantes et les Érinyes, que même les dieux redouteront. Ce sont des génies ailés aux cheveux entremêlés de serpents. Elles sont armées d'un fouet et d'une torche pour poursuivre les criminels, particulièrement ceux qui tuent leur père ou, comme Oreste[1], leur mère. Comme des chiennes de chasse, elles ne lâchent jamais leur proie, jusqu'à la rendre folle.

Les testicules d'Ouranos tombèrent dans la mer. Il en sortit une écume qui se mêla à l'eau. Une déesse en naquit, superbe. Les zéphyrs l'entourèrent et l'amenèrent sur un coquillage géant jusqu'à l'île de Cythère où elle prit pied. C'était Aphrodite, la déesse de l'Amour.

Zeus

Après avoir été émasculé, Ouranos est obligé de céder le pouvoir à son fils Cronos. Les Titans, ses frères, entourent le nouveau maître du monde. Seul l'un d'entre eux, Océan, préfère demeurer à l'écart. Chaque Titan épouse une de ses sœurs. Cronos se marie avec Rhéa.

Mais Cronos devient vite un tyran aussi jaloux de son pouvoir qu'Ouranos. Perfidement, il rejette les Cyclopes et les géants aux cent bras dans le Tartare[2], là où son père les

1→ Lire l'histoire d'Oreste dans *Héros de la mythologie grecque* (Folio Junior Les universels).

2→ Le Tartare est la partie la plus profonde et la plus reculée du séjour des morts, que les Grecs nommaient les Enfers. Voir l'encadré sur les Enfers, p. 72.

avait tenus enfermés auparavant. Et quelle prison c'était ! Au plus profond des ténèbres infernales, loin de la lumière. Une enclume de bronze, lancée de la Terre, tomberait pendant neuf jours et neuf nuits avant de l'atteindre. Il est entouré d'un mur de bronze et d'une triple rangée d'ombre. Au-dessus de son étroite ouverture ont poussé les racines de la terre et de la mer. Il est gardé sans cesse et nul ne peut s'en échapper.

Et le Titan ne s'en tint pas là. Une prédiction de ses parents l'avait effrayé :

– Tu as détrôné ton père ! Eh bien, à ton tour, tu seras vaincu par ton fils.

Cronos trouva donc une excellente parade contre cette menace : il dévorait ses enfants à la naissance. Sans état d'âme, il en avala cinq : trois filles, Hestia, Déméter et Héra, et deux garçons, Hadès et Poséidon. Mais Rhéa était bien malheureuse ! Quelle mère accepterait de perdre ainsi tous ses tendres nouveau-nés ? Enceinte d'un sixième enfant, près d'accoucher, elle va trouver Gaïa, sa mère, qui lui propose un plan pour tromper Cronos :

– Cache-toi pour mettre au monde ton enfant. Puis tu me le donneras, je lui chercherai un abri. Quant à toi, ramasse une grosse pierre arrondie, de la taille d'un nouveau-né, enveloppe-la de langes et présente-la à ton époux comme si c'était ton enfant.

Rhéa lui obéit en tous points. Elle se rend dans un endroit très isolé, peut-être sur une montagne de Crète ou en Arcadie, sur le mont Lycée et, de nuit, sans aucune aide, accouche d'un fils, Zeus. Elle le baigne dans le fleuve puis le confie à Gaïa. Dans le lit du fleuve, elle choisit un gros galet, le lange soigneusement comme un bébé et l'apporte à son époux. Celui-ci s'en empare et, sans même le regarder, l'avale gloutonnement.

Gaïa se dépêcha d'emporter l'enfant et de le confier aux nymphes qui peuplaient l'île de Crète. On le cacha d'abord dans une caverne inaccessible au flanc d'une montagne.

Il buvait le lait d'une chèvre – ou peut-être était-elle une nymphe ? –, Amalthée. Les nymphes le nourrissaient aussi de miel et suspendaient parfois son berceau d'or dans les branches d'un arbre. Ainsi il n'était ni sur terre ni sur mer ni dans le ciel où son terrible père aurait pu le voir. De plus, des démons armés, les Curètes, fils de Gaïa, dansaient autour de son berceau en frappant leur lance sur leur bouclier. Ce vacarme réussissait à couvrir les cris formidables du divin nourrisson.

L'enfance de Zeus se passa dans la joie, parmi les troupeaux et les abeilles du mont Ida et, devenu un jeune adulte, beau, fougueux et vigoureux, il rencontra Métis.

C'était sa cousine, la fille d'Océan et de Thétis. Le nom de Métis signifie « sagesse » ou « ruse ». Ce nom est bien mérité et Zeus put se féliciter de ses conseils :

– Si tu veux reconquérir la place qui te revient, va trouver ta mère, Rhéa, et demande-lui de t'obtenir la place de grand échanson[1] de Cronos. Ensuite quand l'occasion se présentera, tu lui feras boire cette potion. Si tu la mélanges à du miel, il ne s'apercevra de rien.

1→ Un échanson est celui qui verse le vin dans les banquets.

Zeus lui obéit et c'est ainsi qu'il fit boire à son père, qui n'avait pas deviné l'identité de son nouveau serviteur, un breuvage destiné à le faire vomir. Cronos recracha alors la pierre puis les frères et les sœurs du jeune dieu qui, avec enthousiasme, se rangèrent derrière lui pour se venger de leur père et lui disputer le pouvoir. Il s'ensuivit une formidable guerre.

D'un côté les six jeunes dieux, qui ont établi leur campement sur le mont Olympe, et quelques alliés comme Prométhée et Épiméthée, leurs cousins, les fils du Titan Japet. De l'autre, les Titans et leurs enfants retranchés sur le mont Othrys. Seul Océan a décidé de ne pas se mêler de cette guerre. Le géant Atlas, le fils aîné de Japet, s'est rallié à Cronos, contrairement à ses jeunes frères. C'est lui qui prend le commandement : Cronos paraît bien trop vieux pour cela. Sans répit, ils se battent en mêlées furieuses. Tous les coups sont permis. Ils se lancent des rochers qu'ils arrachent aux montagnes. La Terre en est ébranlée. Ils s'empoignent en des corps-à-corps terribles. Leurs cœurs sont pleins de rage. Et pourtant, après dix ans de rudes combats, ne se dessine aucune victoire.

Une fois de plus, c'est Gaïa qui donne la solution :

– Il vous faut de nouveaux alliés, dit-elle à Zeus. La seule façon de triompher sera d'aller chercher au Tartare les fils d'Ouranos, les Cyclopes et les géants aux cent bras. Eux seuls pourront vous donner la victoire.

Zeus part donc au sombre séjour du Tartare, réussit à approcher sans bruit sa terrible gardienne, la tue et ramène les prisonniers. Il commence à les nourrir de nectar et d'ambroisie[1] pour leur rendre leur vigueur puis les encourage par ce discours :

– Écoutez-moi, superbes enfants du Ciel et de la Terre ! Depuis des années, vous êtes ensevelis dans les ténèbres infernales. C'est moi qui vous ai permis de revoir la lumière du jour, c'est moi qui vous ai libérés ! Faites preuve de loyauté. Mettez vos bras invincibles et votre courage au service de ma cause. Il y a des années que je combats Cronos et les Titans, vos persécuteurs. Venez-moi en aide et vous resterez libres. Si les Titans sont vainqueurs, vous savez ce qui vous attend !

Ils avaient tant de rancune et de colère contre Cronos le fourbe qu'ils ne furent pas difficiles à convaincre :

– Nous savons bien que tu es le plus grand des immortels par la sagesse. Nous savons bien ce que nous te devons. D'un cœur inflexible et de toute notre force, nous nous battrons jusqu'à ta victoire !

Tous applaudissent ce discours et partent au combat avec entrain. Au côté des jeunes dieux, les Cyclopes montrent ce que peut la force de leurs bras. Mais les plus terribles et les plus puissants de tous sont les géants. Ils se dressent face aux Titans et, de chacun de leurs cent bras, jaillissent cent énormes rochers qui, d'un seul jet, frappent leurs adversaires. Ils se baissent et recommencent aussitôt. À chaque lancer, ce sont trois cents rocs qui atteignent l'ennemi.

1➔ Le nectar est la boisson des dieux, l'ambroisie est leur nourriture.

Un instant désarçonnés, les Titans resserrent les rangs et Atlas les entraîne à l'assaut. On n'entend plus que la charge de leur course, les cris de rage et de guerre, le fracas des armes et des rochers qui rebondissent sur le sol. La Terre pousse des mugissements, ébranlée jusqu'au tréfonds, la Mer immense gronde et le Ciel gémit en réponse. Le mont Olympe tremble et chancelle. Au premier rang, les trois géants poursuivent leur combat : ils écrasent les Titans sous des volées de pierres.

Les Cyclopes ont donné à Zeus le foudre[1], à Hadès un casque qui le rend invisible, et à Poséidon un trident. Les dieux vont donc tenter une manœuvre contre l'ennemi : Hadès, invisible, vole les armes de Cronos et, pendant que Poséidon fait diversion en le menaçant avec son trident, Zeus réussit à frapper le vieux Titan de sa foudre. Dès lors, la bataille est gagnée. Les géants n'ont plus qu'à conduire en exil les orgueilleux Titans qu'ils ont attachés comme du bétail. On dit qu'ils les ont conduits dans le Tartare ou peut-être dans un séjour tout aussi sombre et brumeux, une île britannique au lointain occident. Zeus épargne leurs sœurs et leurs filles par gratitude pour Rhéa et Métis. Quant à Atlas, leur chef, on lui réserva un châtiment exemplaire : il est condamné à supporter le monde sur ses épaules.

Vainqueurs, les dieux se répartirent le pouvoir. Pour éviter les disputes, ils tirèrent au sort la part qui devait leur

1→ Quand il s'agit de l'arme de Zeus, le mot *foudre* est masculin.

revenir. Poséidon obtint la mer. Hadès régnerait sur le monde souterrain et Zeus sur la terre et le ciel. Et à Zeus, le premier à oser braver son père, revint le pouvoir suprême sur tous les autres dieux. Ceux-ci choisirent comme résidence le mont Olympe, le plus haut sommet de la Grèce, aux frontières de la Macédoine et de la Thessalie. C'est de là qu'ils allaient observer le monde et décider de ses destinées.

Des dieux et des hommes

La création de l'homme

Pendant longtemps, seuls les dieux existèrent ; puis vinrent les hommes. On raconte beaucoup d'histoires sur la création de l'homme…

On dit parfois que ce sont les dieux qui façonnèrent les hommes, dans les entrailles de la Terre, d'un mélange de terre et de feu. Ils les créèrent en même temps que les autres espèces animales. Mais il est aussi conté que celui qui modela leurs corps dans l'argile avec l'eau d'une rivière est Prométhée, le second fils du Titan Japet et de son épouse, fille d'Océan. Il les fit à l'image des dieux, et leur âme est faite d'éléments divins, errant dans le cosmos[1] depuis la création du monde. C'est la déesse Athéna qui leur insuffla la vie.

Le philosophe Socrate[2] donne une autre version de cette création. Quand les dieux eurent façonné les animaux et les humains, d'un mélange de terre et de feu, ils chargèrent Prométhée[3], connu pour sa prévoyance, de leur donner des qualités qui leur permettraient de vivre

1→ Le cosmos est le nom grec de l'univers.
2→ Socrate est un philosophe grec qui vécut à Athènes au Ve siècle avant notre ère. Lui-même n'écrivit pas ; c'est son disciple Platon qui présenta sa philosophie.
3→ Prometheus, le nom de Prométhée en grec, signifie « celui qui réfléchit à l'avance », c'est-à-dire le prévoyant, tandis que le nom de son frère, Epimetheus, signifie « celui qui réfléchit après », c'est-à-dire l'étourdi.

sur terre. Mais son jeune frère, Épiméthée, supplia son aîné de le laisser agir à sa place :

– Laisse-moi faire, implore-t-il, ne t'en fais pas, je ferai du très beau travail.

– Faisons-le plutôt ensemble, objecte son aîné, il y a de l'ouvrage pour deux. Regarde le nombre d'espèces que les dieux ont créées !

– Tu ne me fais jamais confiance. Je ne peux jamais rien faire tout seul. Jamais !

Il est vrai que Prométhée se méfie un peu de l'étourderie de son jeune frère. Mais il l'aime aussi beaucoup, alors il accepte et Épiméthée se lance seul dans l'immense tâche de rendre les espèces aptes à survivre.

– Va-t'en maintenant, dit Épiméthée, quand j'aurai terminé, tu viendras examiner mon ouvrage.

Il faut reconnaître qu'il s'y prend très bien pour son partage. Aux uns il donne la force, aux autres, la vitesse. La rapidité compense ainsi la force et les plus faibles peuvent espérer échapper aux forts. Les uns ont des armes sous la forme de griffes et de dents, à d'autres il n'en donne pas mais leur offre d'autres moyens de défense. Aux petits, il fournit des ailes pour s'enfuir dans le ciel, à d'autres il permet de se réfugier dans des trous ou des terriers creusés sous la terre. Quant aux plus grands, leur taille est un moyen de dissuasion suffisant.

Ces mesures de précaution doivent les empêcher de s'entre-détruire. Mais il faut aussi leur permettre de supporter les saisons. Il imagine alors de les couvrir d'une peau serrée, qui les protège aussi bien du froid que de la chaleur. Ceux qui doivent affronter les rigueurs de l'hiver sont même pourvus d'une fourrure qui leur tient chaud même au milieu des glaces. Elle leur sert aussi de couverture naturelle pendant leur sommeil. Il les chausse également de peaux épaisses ou de sabots de corne, qui leur permettent de courir sans se blesser. Vraiment, du beau travail !

Il doit ensuite se préoccuper de leur nourriture. Certaines espèces mangeront l'herbe des champs, d'autres les feuilles des arbres, d'autres des racines. Les animaux qu'il a armés de griffes et de dents mangeront des herbivores. Mais Épiméthée a pensé à tout : les prédateurs n'auront pas beaucoup de petits tandis que leurs proies se reproduiront très rapidement : ainsi aucune race ne pourra s'éteindre. Épiméthée a utilisé toutes les qualités que les dieux lui ont données à partager. Pas de reste ! Et tout est très bien pensé. Son frère ne pourra rien y redire. Il décide donc de l'appeler, prêt à recevoir des compliments bien mérités.

Quand Prométhée arrive, il s'aperçoit immédiatement que quelque chose a échappé à son étourdi de frère. Certes les animaux sont fort bien pourvus ; mais il y a un problème embarrassant : Épiméthée a oublié la race humaine ! L'homme est nu, sans chaussures, sans couverture, sans armes. Il n'a pas de griffes ni de dents, il ne vole pas, il ne court pas très vite et ne peut creuser de terrier. Que faire pour l'aider à survivre ?

Les ruses de Prométhée

Prométhée s'est pris d'affection pour cette race sans force. Il décide de veiller sur elle et de l'aider. Il a appris auprès d'Athéna toutes sortes d'arts et de techniques et il s'empresse de les transmettre aux hommes. Il leur apprend à fabriquer des briques avec de la terre séchée au soleil pour construire des maisons, au lieu de vivre dans des cavernes obscures. Il leur enseigne à repérer les saisons, à accomplir à temps les travaux agricoles. C'est grâce à lui que les hommes ont pu domestiquer les animaux, les utiliser pour tirer leurs charrues ou recueillir leur lait. Il leur apprend aussi à travailler le bois, à construire des bateaux et à reconnaître les étoiles, pour naviguer. Il court chez Héphaïstos, dans ses forges souterraines de l'Etna, pour lui voler ses secrets les mieux gardés.

Mais son souci pour les hommes amena Prométhée à défier Zeus en cherchant à le tromper pour favoriser les hommes, et le dieu lui en garda une rancune tenace. Un jour, Prométhée tua un bœuf énorme et en fit deux parts : pour l'une, il avait caché sous la peau de l'animal, bien enveloppées dans l'estomac qui n'est pas très appétissant, les chairs savoureuses et les tripes bien grasses, des morceaux de choix. Pour l'autre, par une ruse perfide, il avait caché tous les os de la bête sous de la délicieuse graisse bien blanche et fort appétissante. Il proposa à Zeus de choisir sa part. Abusé par l'apparence et le parfum de la graisse, le maître des dieux s'écria, railleur :

– Ô fils de Japet ! Tes parts sont bien inégales. D'un côté de la peau et de l'autre cette graisse au parfum délicieux !

– Eh bien, grand Zeus, le plus glorieux des dieux, lui répondit Prométhée avec un léger sourire, choisis donc la part qui doit te revenir !

On ne trompe pas facilement le roi des dieux. Zeus pensa bien que ce sourire cachait une ruse, mais il voulut voir jusqu'où allait la fourberie de Prométhée et souleva le tas de graisse blanche. Quelle ne fut pas son indignation à la vue des os nus de la bête !

– Ah, Prométhée, toi qui en sais plus que tous au monde, tu en connais des ruses ! Mais on ne piège pas impunément le maître du monde. Tu as voulu favoriser les hommes, très bien. Qu'ils gardent la viande de l'animal, moi je me contenterai des os et de la graisse[1]. Mais cette viande, ils la mangeront crue. Je me refuse à diriger mon foudre sur les arbres pour leur fournir le feu.

C'était une terrible punition. Que faire sans le feu ? On ne pouvait plus cuire les aliments, ni se chauffer, ni se protéger contre les bêtes sauvages. Comment forger des armes, des outils ? La plupart des nouvelles techniques récemment apprises étaient inutiles sans l'usage du feu. L'homme allait-il être ravalé à l'état de bête ? La ruse de Prométhée semblait s'être retournée contre la race humaine, mais il ne s'avoua pas vaincu. Il demanda à Athéna de le faire entrer secrètement dans l'Olympe. La déesse, qui l'aimait bien, ne lui refusait rien. Il parvint

1→ C'est ainsi que se pratiquèrent les sacrifices aux dieux en Grèce : on faisait la part du dieu en lui offrant les cuisses de la victime et ses os enveloppés de graisse tandis que les hommes se partageaient les autres morceaux.

donc jusqu'au char du soleil et réussit à lui dérober une flammèche. Il la cacha dans la tige creuse d'une sorte de fenouil géant et s'enfuit rapidement pour rapporter le feu aux hommes.

Quand il vit briller parmi les hommes l'éclatante lumière du feu, Zeus fut pris d'une terrible colère :

– Ah, Prométhée, tu te crois malin ! Tu ris de moi. Tu es fier de ta ruse. Tu penses m'avoir trompé et avoir apporté le bien aux hommes. Ne crois pas cela. Je saurai bien les punir comme je vais me venger de toi.

Aussitôt il ordonne qu'on se saisisse de Prométhée et qu'on aille l'enchaîner sur la plus haute cime du Caucase, à l'extrême nord de l'Europe. Héphaïstos est chargé de lui fixer aux chevilles et aux poignets des chaînes qui sont rivées dans la roche. Il l'attache aussi par la taille grâce à une ceinture du fer le plus solide qui lui entre dans les chairs et pour faire bonne mesure, il lui traverse la poitrine de clous énormes qui s'enfoncent dans la pierre. Héphaïstos éprouve de la pitié pour Prométhée, mais il est rappelé à l'ordre :

– Pas de pitié pour celui qui enfreint les ordres de Zeus. Attache-le solidement. Qu'il apprenne ce qu'il en coûte de se moquer du roi des dieux. Quant à toi, Prométhée, espèce de fourbe ! Tu fais moins l'insolent maintenant. Toi qui en sais plus que tous au monde, ricane la voix divine, ne sais-tu pas comment faire pour te délivrer ?

Prométhée peut lire dans l'avenir. Il sait ce qui l'attend : il va souffrir longtemps.

– Oh, Terre, mère de tous les êtres et toi, Soleil qui voit

tout, se lamente-t-il, voyez comment un dieu traite un autre dieu ! Ah, Zeus, tu as déjà oublié ce que j'ai fait pour toi ? Serais-tu le maître du monde si je ne t'avais pas soutenu dans ta lutte contre ton père ? J'aurais pu prendre le parti de Cronos comme mon frère aîné, Atlas, que tu as puni en lui faisant porter le poids du monde sur les épaules. Comme j'ai pitié de lui, maintenant ! Mais tu en veux à notre famille : n'as-tu pas foudroyé et jeté au fond du Tartare mon autre frère Ménoetios ? Ma punition est bien pire que la sienne et pourtant je n'ai jamais eu son orgueil ni sa brutalité. Je n'ai voulu qu'aider les hommes, cette race si faible.

– N'espère pas m'attendrir, lui répond Zeus. Ta punition sera plus terrible encore ! Tu resteras cloué ici pour l'éternité, je le jure par le Styx. Et chaque jour, un aigle descendra du ciel pour venir te dévorer le foie. Chaque jour, tu souffriras mille souffrances et tu regretteras de ne pas être un de ces mortels que tu aimes tant. Mais chaque soir, ton foie repoussera et tu verras revenir le lendemain avec angoisse car implacablement mon aigle reviendra. Quant aux hommes, que tu as tant aimés, je leur réserve une surprise cruelle.

Prométhée restera longtemps sur le Caucase à souffrir pour avoir aidé les hommes. Il sait qu'il n'y demeurera pas pour l'éternité car il connaît un secret essentiel pour le maître des dieux : si Zeus a un enfant de Thétis, la fille du vieillard de la mer, cet enfant sera le maître du monde. Prométhée négociera avec Zeus sa liberté contre ce secret en échange duquel Zeus acceptera, beaucoup, beaucoup plus tard de fermer les yeux quand Héraclès, passant par le Caucase, abattra l'aigle d'une flèche et délivrera Prométhée. Mais pour rester fidèle à son serment solennel[1], il exigera que Prométhée porte au doigt une bague faite de l'acier de ses chaînes et d'une pierre de la montagne. Ainsi pourra-t-on dire que le Titan reste attaché au Caucase pour l'éternité et Zeus ne trahira pas son serment.

En attendant cette issue, Prométhée souffrira des jours et des années.

Pandore

Mais il ne suffit pas à Zeus de punir Prométhée. Il faut aussi punir les hommes d'avoir provoqué, même involontairement, ces fourberies. Il décide de leur envoyer un mal irrémédiable.

Il demande à Héphaïstos, célèbre pour ses talents d'artisan, de modeler avec de la terre et de l'eau un corps semblable à celui des déesses immortelles. Athéna la revêt d'une robe blanche et d'une ceinture. Elle lui orne la tête d'un voile aux mille broderies chatoyantes sur lequel elle pose un diadème d'or. Il avait été ciselé par Héphaïstos lui-même, qui avait représenté avec un art inégalable tous les animaux de la création. Les Grâces lui offrent un collier et les Heures[2], des guirlandes de fleurs. Athéna lui apprend les arts du tissage et de la broderie, Aphrodite répand la grâce sur son front. Elle est si belle que même les dieux

1→ Un serment sur le Styx, le fleuve des Enfers, était un serment si solennel que même les dieux ne pouvaient le rompre.

2→ Les Grâces et les Heures sont des divinités, filles de Zeus et de la Titanide Thémis.

immortels s'émerveillent. Mais, à la demande de Zeus, le rusé Hermès lui enseigne la tromperie et le mensonge. Et pour qu'elle les emploie, il lui donne la parole.

La première femme est née. Zeus la nomme Pandore, ce qui, en grec, signifie « don de tous », et il l'envoie en cadeau à Épiméthée. Prométhée avait pourtant averti son étourdi de frère de ne jamais accepter de présent de Zeus et de le renvoyer immédiatement s'il voulait épargner un malheur aux mortels. Mais face à la belle, Épiméthée oublie tout et la prend aussitôt pour épouse. Le piège de Zeus est tendu.

Auparavant, la race humaine vivait à l'abri des peines, des maladies et de la mort. Tous ces maux en effet, Prométhée les avait tenus enfermés dans une grande jarre, au couvercle solidement scellé. Cette jarre était à l'abri chez les deux frères.

Épiméthée a fait promettre à sa femme de ne jamais s'approcher de cette jarre. Elle a juré de bon cœur, à grand renfort des serments les plus solennels ; mais un jour, en l'absence de son époux, elle n'a rien de plus pressé que d'aller entrouvrir le couvercle de la jarre. Aussitôt, tous les maux s'échappent et se dispersent sur toute la Terre. Affolée, Pandore tente de refermer précipitamment le couvercle mais il est trop tard. Seule l'espérance reste coincée au fond de la jarre. En revanche les peines, les souffrances errent, innombrables, au milieu des hommes. Et les maladies visitent les maisons et s'abattent en silence sur leurs habitants, apportant la douleur et la mort. Tel est désormais le lot de l'humanité car nul ne peut échapper aux desseins de Zeus.

Le déluge

Zeus n'est pas content des hommes. Il trouve que c'est une race pleine de vices. Il décide de parcourir la Terre pour voir de ses yeux s'il est possible de découvrir encore quelques braves gens qui honorent les dieux. Il se fait annoncer en Arcadie, s'attendant à ce que tous tombent à genoux devant lui. Pas du tout ! Le roi Lycaon lui-même, qui pourtant passe pour un homme pieux, décide d'éprouver le visiteur :

– Voyons si ce visiteur est bien ce qu'il prétend. Il me semble plutôt que c'est un homme qui veut profiter de mon hospitalité. Qu'on m'amène les deux prisonniers qui sont dans mes cachots.

Dès qu'ils sont là, Lycaon les décapite et ordonne à son cuisinier de les découper, de les rôtir et, avec les tripes, de faire une soupe que l'on servira au visiteur.

– Si c'est vraiment un dieu, il ne se laissera pas prendre.

Effectivement Zeus ne se laisse pas prendre. Mais dès que les plats arrivent sur la table, il entre dans une rage épouvantable. Une flamme, un coup de tonnerre ! Et le palais de Lycaon s'écroule. Le roi s'enfuit épouvanté pour se réfugier dans la campagne. Mais au moment où il va crier son angoisse, c'est un hurlement qui sort de sa gorge. Ses vêtements se transforment en poils, gris comme l'étaient ses cheveux. Ses bras deviennent des pattes mais ses yeux gardent le même éclat féroce. Il tourne sa rage vers les animaux : il est devenu loup !

Mais cette vengeance ne suffit pas au maître des dieux :

– Tous les hommes sont des impies, des sacrilèges. Il n'y

a rien à en tirer, le mal est sans remède. Je veux exterminer toute cette race, sans exception.

Il s'apprête à brandir son foudre pour en brûler la Terre mais soudain il craint que le feu ne se propage jusqu'à l'Olympe, la demeure des dieux. Il hésite quelques instants, puis sourit cruellement. Il a trouvé le châtiment à la mesure des crimes humains : la Terre sera ensevelie sous les eaux[1].

Zeus enferme alors tous les vents dans la caverne de leur maître, Éole. Il ne laisse dehors que Notos, le vent du sud. C'est un dieu terrifiant : il a la barbe et les cheveux blancs, alourdis de pluie, le visage noir ; sur son front séjournent les brouillards. De toute la vitesse de ses ailes ruisselantes, il se précipite vers la terre et, pressant dans ses mains des nuages, il fait tomber des cataractes d'eau. Puis Zeus appelle à la rescousse Poséidon, l'ébranleur du sol, le roi des mers et des fleuves :

– Mon frère, soutiens-moi, donne libre cours à ta violence. Ordonne aux fleuves d'ouvrir grand leurs sources, ordonne à la mer de submerger ses rives. Ordonne à la Terre de se fissurer pour laisser passer les eaux !

Aussitôt les fleuves déchaînés jaillissent hors de leur lit ; les eaux recouvrent tout : moissons, prairies, arbres et plantes. L'onde chasse pêle-mêle loups et brebis ; lions et gazelles nagent ensemble. Les hommes tentent de se réfugier sur les toits de leurs maisons ou des temples mais l'eau

1→ On retrouve ce thème dans de nombreuses religions, en particulier dans l'Ancien Testament.

continue de monter. Elle s'élance même à l'assaut des montagnes. Les oiseaux, fatigués de voler, ne trouvent plus de terre où se poser. Les phoques et les dauphins s'ébattent où naguère paissaient les chèvres. La plupart des hommes sont entraînés par les eaux, les autres meurent de faim dans leurs refuges

Mais la race humaine ne devait pas périr tout entière car deux justes, qui respectaient les dieux, furent épargnés. Il s'agissait de Deucalion et de sa femme Pyrrha. Deucalion était le fils de Prométhée et sur les conseils de son père, qui connaissait l'avenir, il avait bâti une sorte d'arche qu'il avait remplie de provisions. Il y avait pris place avec sa femme quand le déluge avait commencé.

Pendant neuf jours et neuf nuits, ils avaient flotté sur la plaine liquide, en s'abritant du mieux qu'ils pouvaient dans leur grand coffre. Ils ne voyaient aucune terre à l'horizon et leurs provisions s'épuisaient. Aussi Deucalion avait-il envoyé une colombe en reconnaissance. L'oiseau revint, annonçant la terre car les courants les avaient dirigés vers le mont Parnasse dont le sommet dépassait des eaux. Quand Zeus vit que seul le couple survivait à sa colère, il fit signe à Triton[1] de souffler dans sa trompe pour sonner la retraite des eaux. Aussitôt les flots redescendent, les fleuves regagnent leur lit, laissant la Terre recouverte d'une boue gluante. L'arche de Deucalion s'échoue sur la

1→ Triton est un dieu marin, fils de Poséidon et d'Amphitrite. On le représente souvent avec le haut du corps d'un homme et le bas d'un poisson. Il souffle dans un coquillage qu'il utilise comme une trompe.

montagne. À peine débarqués, les deux survivants offrent un sacrifice aux dieux.

Quand il vit le monde dépeuplé, Deucalion, les yeux pleins de larmes, s'adressa à sa femme :

– Sur la Terre, aussi loin que nous portions nos yeux, du levant au couchant, nous sommes seuls, désespérément seuls. Oh, ma chère épouse, que ne donnerais-je pas pour voir des compagnons à nos côtés. Que deviendrons-nous sans amis, sans soutien ?

Ils décidèrent d'implorer les dieux. Après s'être purifiés à une source, ils se dirigèrent vers un petit temple de Thémis[1] qui avait tant bien que mal résisté au déluge. Les murs en étaient moisis et les tuiles recouvertes de mousse ; le feu ne brûlait plus sur l'autel. Cependant le couple se prosterna et supplia la déesse :

– Indique-nous, déesse, dans ta grande bonté, par quel moyen nous pouvons repeupler la Terre et ne plus rester ainsi, seuls et misérables.

La déesse eut pitié d'eux et rendit cet oracle[2] :

– Éloignez-vous du temple. Couvrez-vous la tête, dénouez votre ceinture et jetez par-dessus votre épaule les os de votre grand-mère.

Deucalion et Pyrrha restent interdits. Puis la jeune femme retrouve la parole mais c'est pour s'indigner :

1→ Thémis, fille d'Ouranos et de Gaïa, est la personnification de la justice. Avant le dieu Apollon, c'est elle qui répondait à l'oracle de Delphes sur le mont Parnasse.

2→ Voir l'encadré sur les oracles, p. 124-125.

– Jeter les os de notre grand-mère ? Mais c'est un sacrilège, un crime impardonnable ! Jamais je n'accepterai cela. Et d'ailleurs nous avons plusieurs grand-mères… et où sont-elles enterrées ? Décidément les dieux sont bien énigmatiques. Il nous faudra donc rester seuls.

– Non, répond son époux, ce n'est pas possible. Jamais les dieux ne nous demanderaient de commettre une action si noire. Nous devons réfléchir. Il doit y avoir un sens caché à cet oracle.

Après mûre réflexion, il pense avoir trouvé la réponse :

– Mais c'est bien sûr ! Notre grand-mère, c'est Gaïa, la Terre. Et ce que la déesse appelle ses os, ce sont les pierres. Voilà ce qu'elle nous ordonne de jeter derrière nous.

Pyrrha est sceptique, mais que coûte-t-il d'essayer ? Ils prennent tous deux des pierres dans les plis de leurs vêtements et, suivant les instructions divines, lancent des cailloux par-dessus leur épaule. Quand elles touchent terre, les pierres s'amollissent et prennent forme humaine. Elles grandissent, grandissent et l'on voit naître derrière Pyrrha des femmes, et des hommes derrière son mari. C'est ainsi que, par la volonté des dieux, apparaît une nouvelle race dure aux épreuves et au malheur, à l'image des pierres qui l'ont formée.

La révolte des géants

Alors que le pouvoir de Zeus semblait établi à jamais dans le ciel et sur Terre, un nouveau défi fut lancé au maître du monde : les géants attaquèrent l'Olympe.

Ils étaient nés en Chalcidique, dans la péninsule de Phlegra, de la blessure faite par Cronos à son père. Ils étaient très effrayants. Énormes, les cheveux et la barbe en broussaille, ils n'avaient pas de jambes mais leur corps se tordait en une queue de serpent. Ils brandissaient des armes étincelantes et, en particulier, de longues javelines qu'ils savaient lancer très loin.

Les géants étaient furieux contre Zeus qui avait osé enfermer les Titans dans le Tartare ; ou plus exactement, c'était Gaïa, la Terre, mère des Titans, qui leur avait mis cette idée en tête : il fallait les délivrer, se venger de Zeus, lui reprendre le pouvoir. C'était possible : les géants étaient invincibles. Ils n'étaient pas immortels, certes, mais les dieux n'avaient pas le pouvoir de les tuer. Pour ébranler les remparts de l'Olympe, ils commencèrent par empiler d'énormes quartiers de roches, des morceaux de montagnes que nul autre n'aurait pu soulever, et montèrent à l'assaut. En hurlant, ils projetaient dans le ciel javelines, torches enflammées et rochers pour lapider les dieux. Ceux-ci ne pouvaient que reculer, ne sachant comment leur résister. Pour ajouter à la panique, Héra était venue en toute hâte avertir les dieux qu'une certaine herbe, sur terre, pouvait rendre leurs ennemis immortels. Il ne fallait surtout pas qu'ils la trouvent. Or ils étaient déjà partis à sa recherche. Alors Zeus, pour la découvrir le premier, interdit au soleil et à la lune de briller. Il interdit à l'aurore de se lever. La nuit était profonde ! À tâtons, le dieu cueillit l'herbe et la mit à l'abri dans l'Olympe.

Un premier péril était donc écarté. Zeus et Athéna s'armèrent pour le combat. Zeus avait le foudre, porté par son aigle, Athéna, l'égide[1]. Zeus monta sur son char et ils attendirent les géants de pied ferme. Ils pouvaient les contenir, mais comment s'en débarrasser ? C'est encore Héra qui intervint :

– Seul pourra en venir à bout un mortel vêtu d'une peau de lion !

Et qui peut être ce mortel, sinon Héraclès le vaillant fils de Zeus ? Athéna le ramène aussitôt sur l'Olympe. Son carquois sur le dos, une flèche engagée sur son arc, il monte sur le char de Zeus, prêt à intervenir. Très vite, il repère le chef des géants, Alcyoné, remarquable entre tous par sa taille et sa force, encore plus formidable que ses frères. Héraclès tire une flèche. Alcyoné tombe. Est-il mort ? Non ! Il se relève et repart au combat. Rien ne semble pouvoir l'atteindre. Athéna se précipite :

– Je me souviens, crie-t-elle à Héraclès par-dessus le fracas des armes et des blocs de roche qui tombent alentour. Tu ne pourras pas le tuer dans son pays. Emmène-le au-delà des frontières.

1→ L'égide est un bouclier couvert de la peau de la chèvre Amalthée sur lequel est fixée la tête de Méduse. Il appartient à Zeus, qui le confie généralement à sa fille Athéna.

Aussitôt Héraclès se précipite au-devant de son gigantesque adversaire, le prend à bras-le-corps et le charge sur ses épaules. Et, malgré ce fardeau, il parvient à courir vers les frontières de la Chalcidique. Sorti du pays, il abat le géant d'un coup de massue, mais pas avant qu'Alcyoné n'ait réussi à écraser vingt-quatre des compagnons d'Héraclès sous des rochers. Apprenant sa mort, ses filles, désespérées, se jetèrent à la mer. Mais elles ne se noyèrent pas, elles furent changées en oiseaux.

Sur l'Olympe, la mort de leur chef n'a pas découragé les attaquants. Les dieux reculent quand le géant Porphyrion bondit vers le sommet de la montagne sacrée. Seule Athéna ose l'affronter. Mais il l'attrape par le cou et commence à l'étrangler de ses mains puissantes. La déesse étouffe. Elle est délivrée par une flèche d'Éros qui touche le foie de Porphyrion. Mais qu'arrive-t-il quand on est blessé par une flèche d'Éros ? On est envahi par le désir amoureux. C'est ce qui arrive au géant. Il voit apparaître Héra, sejette sur elle, lui arrache sa robe et s'apprête à la violenter. Pour sauver son épouse, Zeus le foudroie. Porphyrion s'écroule mais se serait relevé aussitôt si Héraclès, revenu à l'instant, ne l'avait pas achevé d'une flèche.

Pendant ce combat, les autres géants montent à l'assaut. L'un d'eux, Éphialtès, attaque Arès. Il est assez fort pour réussir à dominer le dieu de la Guerre mais deux traits en viennent à bout : Aphrodite lui crève l'œil gauche, Héraclès le droit. Tandis qu'Hestia et Déméter, déesses pacifiques, regardent et se tordent les mains d'angoisse, les autres dieux se jettent dans la bataille. Hécate utilise les torches qu'elle porte toujours à la main pour brûler le géant Clytios, les Moires frappent de leurs massues de bronze. Héphaïstos est monté de sa forge sous l'Etna avec du métal en fusion et il en jette à pleines louches sur l'énorme Mimas qui se tord de douleur. Dionysos assomme Eurytos de son thyrse[1] couvert de lierre. Silène, le vieux satyre qui a élevé le dieu et qui ne le quitte jamais, prétend même avoir fait fuir plusieurs géants rien que par les braiments de son âne! Mais Silène est toujours dans les brumes de l'alcool. Qui pourrait le croire? Le géant Pallas, une sombre brute, aurait bien aimé faire violence à Athéna mais la déesse l'écrase sous un rocher, l'écorche et, de sa peau, se fait une cuirasse. Elle s'empare de ses ailes et les porte désormais aux pieds. Pour être plus efficace, Hermès a mis le casque d'Hadès, qui le rend invisible. Ce ne sont que coups, hurlements, corps à corps sauvages. Et remonté sur son char, impitoyable, Héraclès achève de ses flèches les géants blessés. Les gémissements des blessés se mêlent au tumulte des armes et aux cris de rage.

Les géants sont vaincus. Ils fuient éperdument. Athéna lance sur Encelade, qui s'éloignait sur la mer vers l'occident, un projectile qui l'aplatit. Son corps deviendra une île: la Sicile. Gaïa tente de s'interposer entre Polybatès et le roc que Poséidon a détaché de l'île de Cos pour le lui jeter, mais c'est en vain. Le corps du géant est enterré sous ce nouvel îlot. Les derniers révoltés sont poursuivis jusqu'au

1→ Le thyrse est un des attributs de Dionysos. C'est un long morceau de bois orné de lierre.

centre du Péloponnèse et massacrés. Des géants, il ne reste plus que des monceaux d'os. Les laboureurs en trouvent encore parfois près de la ville de Trapézonte.

Zeus pourra-t-il régner tranquille ? Est-ce qu'enfin personne ne contestera son pouvoir ? Pas encore !

Typhon

Gaïa est furieuse de l'extermination de ses enfants, les géants. Elle décide de se venger. Elle s'unit avec le Tartare pour mettre au monde le plus énorme, le plus monstrueux des géants qu'elle ait jamais portés : Typhon. Et elle l'envoie s'attaquer aux dieux. Il est haut comme une montagne, sa tête touche les étoiles, ses bras atteignent une longueur démesurée et sont faits pour des ouvrages de force. De ses épaules sortent cent têtes de serpents, dardant des langues noirâtres. Ses yeux lancent des flammes. Tantôt il pousse des mugissements de taureau furieux, tantôt des cris de lion au cœur sans merci. Parfois il fait entendre des sifflements de serpent que prolonge l'écho des hautes montagnes.

Lorsqu'ils le voient monter à l'assaut de l'Olympe, les dieux sont atterrés. Ils fuient jusqu'en Égypte et se cachent sous des formes animales : Apollon se change en corbeau, Dionysos, en bouc, Aphrodite, en poisson… Chaque dieu prend une forme différente pour mieux lui échapper. Même Zeus, le grand Zeus, prend la forme d'un bélier et fuit avec les autres. Seule, sur l'Olympe, la lance à la main, le casque sur la tête, bien campée sur ses deux pieds, Athéna ! Elle attend Typhon sans frémir. Elle se met même à railler Zeus de sa lâcheté :

– Eh bien, noble roi des dieux ! Grand vainqueur des Titans et des géants ! Tu viens de triompher d'ennemis sans nombre et tu aurais peur d'un seul ? Où t'es-tu caché, mon père ? Devrai-je, seule, me mesurer à cette brute et sauver l'univers ?

Face à la détermination de la farouche déesse, Zeus a honte de sa panique. Il reprend sa forme première et lance un éclair sur le monstre qui s'approche. La terre et le ciel en sont ébranlés. La mer bouillonne et l'Olympe vacille. Hadès frémit au fond des Enfers et, jusqu'au plus profond du Tartare, frissonnent les Titans enfermés. Et Zeus saisit ses armes, foudre, éclair, tonnerre, et, épaulé par sa fille, continue de frapper. Typhon s'écroule tandis que gémit Gaïa, sa mère. Autour du géant, la montagne est en feu, elle fond comme le fer au fond du creuset, dans les forges d'Héphaïstos. Zeus saisit la faucille qui avait jadis servi à émasculer Ouranos et poursuit Typhon en la brandissant.

Mais le géant n'est pas encore vaincu. Blessé et hurlant, il réussit à saisir le dieu en l'enserrant dans les anneaux de ses multiples serpents. Il lui arrache sa faucille et lui coupe les tendons des pieds et des mains. Il traîne Zeus, ainsi immobilisé, jusqu'à une caverne où il le tient enfermé. Il cache les tendons coupés dans une peau d'ours, sous la garde d'une femme à queue de serpent. Athéna n'a rien pu tenter pour sauver son père ! Ce sont les dieux Pan et Hermès, revenus de leur exil en Égypte, qui réussissent à tromper la vigilance de la gardienne, à s'emparer des tendons et à délivrer le maître des dieux. Et le combat reprend !

Zeus, de son char ailé, lance trait de foudre sur trait de foudre. Le géant, lui, saisit des montagnes énormes et les jette contre le dieu. Mais de son foudre, Zeus les intercepte, les fait exploser et retomber sur Typhon qui finit par être enseveli.

C'est ainsi que les dieux bienheureux achevèrent leur tâche et réglèrent par la force ce dernier conflit. Ils purent enfin régner sur un monde pacifié.

LES DIEUX

Il est parfois difficile de se repérer dans la généalogie des multiples dieux grecs.

C'est assez simple pour les dieux que l'on nomme les Olympiens car ils séjournent sur l'Olympe. Ils sont douze et sont, pour la plupart, les descendants de Cronos et de Rhéa. D'abord la première génération, les enfants de Cronos : Zeus, Déméter, Héra, Poséidon. Hadès, bien qu'il soit leur frère, n'est pas considéré comme une divinité olympienne car il ne quitte jamais le séjour souterrain des Enfers. En effet, c'est lui qui détient le pouvoir sur les morts. Et leur sœur, Hestia, par modestie et goût de la tranquillité, a cédé sa place à son neveu Dionysos. La seconde génération comprend certains des innombrables enfants de Zeus, le souverain des dieux : Apollon, Artémis, Arès, Athéna, Héphaïstos, Hermès et Dionysos. Ils sont accompagnés d'Aphrodite, née de la mer et de la semence d'Ouranos.

Tous ces dieux ont engendré d'innombrables enfants, qui peuplent les terres et les mers et se retrouvent parfois pour de grands banquets dans l'Olympe.

Ces dieux ont été amenés par les premiers envahisseurs hellènes qui ont trouvé, en Grèce, la grande déesse des Crétois, la Terre Mère et une foule de divinités locales personnifiant les forces de la nature. Les Hellènes ont adopté ces divinités ou les ont assimilées à leurs propres dieux. À l'image des autres peuples de l'Antiquité, les premiers habitants de la Grèce avaient multiplié les dieux pour incarner chaque élément. Ainsi, Brontès, le tonnerre, Stéropès, l'éclair, et Argès, la foudre. Puis Zeus devint le maître des dieux et ils ne furent plus que ses attributs. Mais certains dieux cosmiques et atmosphériques demeurèrent : Hélios, le soleil, Séléné, la lune, les vents, Borée, Zéphyr, Notos... ou les astres, comme les Pléiades. Il y a aussi une multitude de divinités secondaires qui peuplent les eaux, les campagnes et les forêts : nymphes, dryades, satyres... dont on ne sait pas toujours l'origine.

Plus tard les colons, notamment ceux d'Asie Mineure et de Thrace, ont subi l'influence religieuse des peuples de leur voisinage. Ainsi la religion grecque de l'époque classique comprend-elle des divinités, des croyances, des pratiques dont les unes sont récentes et d'autres remontent au plus lointain passé préhellénique. Par exemple, le culte de Dionysos vient d'Asie et s'est intégré tardivement au panthéon grec.

Enfin, certains dieux originels ont gardé une place importante : Titans qui furent fidèles à Zeus ou certains de leurs enfants, comme Hécate ou Nérée et ses filles, les Néréides. Ou plus anciennes encore, telles les Moires, filles de la nuit, qui personnifient le destin et à la volonté desquelles même Zeus ne peut se soustraire.

Le poète Hésiode parle de « trente mille immortels » qui hantent la Terre.

LES ENFANTS DE CRONOS

Hestia

Hestia est la première-née de Cronos et de Rhéa, et la première à avoir été dévorée par son père. Après que Zeus l'eut délivrée, Hestia n'eut aucune envie de se mêler aux querelles de l'Olympe. Elle ne prit jamais parti ni pour un clan ni pour l'autre dans la guerre de son frère contre les Titans, ne participa pas à la défense contre les géants quand ils attaquèrent l'Olympe, alors même que son statut était menacé. C'est la déesse la plus pacifique, la plus douce, la plus charitable, la plus vertueuse de tous les dieux grecs. Elle ne quitte jamais l'Olympe tandis que les autres dieux se plaisent à voyager sur terre et parmi les hommes. Elle aime tant le calme et la sérénité que, quand Dionysos est monté sur l'Olympe, elle lui a volontiers laissé sa place à la table des dieux. Il souhaitait faire partie des douze grands dieux les plus honorés tandis qu'elle préférait se tenir en retrait.

On ne trouve à raconter aucune histoire sur la déesse: elle est peut-être la seule à ne jamais s'être fâchée avec l'irascible Héra. Hestia fut courtisée par plusieurs dieux ou Titans. Les plus acharnés à se disputer ses faveurs furent Poséidon et Apollon. Ils la couvraient de cadeaux pour la séduire et étaient prêts à en venir aux mains. Effrayée par ce conflit naissant, Hestia supplia Zeus de l'autoriser à ne pas prendre d'époux. Son frère accepta volontiers et, pour la remercier d'avoir évité un drame familial, voici ce qu'il décréta :

– Quel que soit le dieu qu'ils veulent honorer, quand les hommes feront un sacrifice, ils devront réserver la première victime à Hestia. C'est ainsi que, dans chaque temple, on te rendra hommage, ma chère sœur.

Hestia est l'élément le plus stable de l'Olympe et les dieux lui rendent grâce pour cette qualité. Pour cette même raison, les hommes en ont fait la déesse du Foyer et dans chaque temple, dans chaque maison, le feu lui est consacré. Et si l'âtre familial s'éteint par accident ou à l'occasion d'un deuil, on le rallume avec des cérémonies en l'honneur de la déesse.

Déméter et Perséphone

Déméter, la deuxième fille de Cronos et de Rhéa, est la déesse de la Terre. Mais son pouvoir ne se confond pas avec celui de sa grand-mère Gaïa. Déméter est la déesse de la terre cultivée, la terre qui donne le blé, les céréales et les moissons[1] C'est elle qui enseigne l'agriculture aux hommes, qui leur apprend le maniement de la charrue au soc recourbé et de la faucille qui coupe les tiges des céréales. Elle a inventé le moulin à grains pour leur permettre de fabriquer la farine. Elle leur a aussi donné le figuier. Mais c'est elle aussi qui donne aux hommes les premières lois grâce auxquelles ils vivent en société. Pour tous ces cadeaux, elle est l'objet d'une affection particulière de la part des hommes.

C'est une déesse d'une grande douceur mais les hommes doivent faire attention à ne pas l'offenser. Ainsi un bois sacré lui était-il consacré. Nul n'avait le droit d'en couper les arbres. On y admirait surtout un immense chêne vieux de plusieurs siècles. Sous ses ombrages, Déméter venait souvent se reposer. Elle aimait le spectacle des nymphes et dryades[2] qui se donnaient la main et faisaient une ronde autour de l'arbre. Il fallait bien une dizaine de ces danseuses pour réussir à entourer l'énorme

1→ Le nom de Déméter est composé de *métèr* qui veut dire « mère » en grec et de *dé* qui, en dialecte, signifie « grain » selon certaines interprétations ou encore « terre ». Elle serait la mère des grains ou la terre mère, c'est-à-dire nourricière.

2→ Une dryade est une nymphe protectrice des forêts.

tronc. Les mortels révéraient ce chêne et l'ornaient de guirlandes, de tablettes et d'ex-voto pour remercier la déesse de ses bienfaits.

Un jour, un homme sans religion décide de couper cet arbre. Il demande à ses serviteurs d'y porter la hache mais, effrayé par ce sacrilège, aucun ne s'y risque. Le maître a beau les rouer de coups, rien n'y fait : ils préféreraient mourir. Alors l'homme se saisit de l'instrument et décide de faire le travail lui-même. Un paysan tente de s'interposer mais un coup de hache lui fracasse le crâne.

– Même si cet arbre était Déméter en personne, rien ne m'empêcherait de le couper et de le débiter en planches. Il va tomber aujourd'hui même !

Mais dès qu'il y porte le premier coup, l'arbre gémit. Loin de tenir compte de cet avertissement, l'homme continue. Il frappe une deuxième fois : les glands et les feuilles perdent toute couleur et un jet de sang jaillit du tronc et coule à flots. Une douce voix sort de l'arbre :

– Je suis une nymphe et je vis dans cet arbre. Arrête ! Tu es en train de me tuer.

Comme pris de fureur, l'homme frappe, frappe, frappe encore. Il ébranle l'arbre et réussit seul dans sa formidable entreprise dont dix hommes n'auraient pu venir à bout. La voix mourante prononce ces dernières paroles :

– Ta punition est proche. Déméter me vengera très vite.

Déméter sait trouver un châtiment digne de ce crime inouï. Elle confie à une nymphe de la montagne son char tiré par deux dragons et l'envoie dans les froides contrées du Nord chercher la Faim, avec son visage blême, sa poitrine flasque, ses os saillants et son ventre gonflé. Pendant son sommeil, la Faim s'insinue dans le corps de l'horrible sacrilège et elle ne le quittera plus. Il commence à rêver de nourriture, cela l'éveille. Il réclame à manger et dévore tout ce qu'on lui apporte. Mais dès que sa bouche est vide il se sent à nouveau prêt à en engloutir davantage. Son estomac n'est qu'un énorme gouffre. Toute sa fortune passe dans l'achat de nourriture. Quand il n'a plus rien, il vend sa propre fille ! Puis il en est réduit à s'arracher les membres et à les déchirer de ses dents. On n'offense pas Déméter, la déesse des Moissons !

Déméter se plaît dans les campagnes riches en blé. C'est ainsi qu'elle a un temple à Éleusis, en Attique, où elle séjourne souvent car les hommes lui rendent un culte particulier, appelé mystère[1]. Mais elle aime aussi beaucoup se promener dans les riches plaines de la très fertile Sicile. Elle y réside souvent avec sa fille, Perséphone, qu'elle a eue jadis de Zeus. La mère et la fille sont très proches et voyagent toujours ensemble. La jeune déesse, qu'on appelle encore affectueusement Korè[2], aime à courir les champs avec ses amies, les nymphes, et à cueillir des fleurs dans les prairies siciliennes.

Ce jour-là, l'oncle de Perséphone, Hadès, dieu des Enfers, était sorti de son royaume souterrain. Il inspectait l'île sous laquelle un géant avait été enterré[3]. Il craignait toujours que les mouvements désordonnés par lesquels ce

1→ Voir l'encadré sur les mystères, p. 56.
2→ Le mot *Korè* signifie « jeune fille ».
3→ Voir « La révolte des géants », p. 36.

géant tentait parfois de se libérer n'ébranlent le sol. Ses sursauts créaient souvent de telles failles que l'éclat du jour parvenait jusqu'aux âmes des morts et provoquait l'effroi dans le monde souterrain. Arrivé dans les plaines d'Enna, au centre de la Sicile, le dieu voit la jeune déesse, loin de ses compagnes, en train de cueillir des violettes, des lys et des narcisses sauvages. Pour emporter plus de fleurs, elle a retroussé les longs pans de sa robe, en un geste si gracieux que le sévère dieu des Enfers en est tout de suite conquis. Il presse ses chevaux, s'approche et la saisit d'un bras puissant. Malgré ses cris de désespoir, il l'enlève sur son char et la terre se fend pour les laisser passer vers le séjour des morts. C'est là qu'il veut l'épouser et en faire la reine. Sur le sol ne restent, tombées de sa robe, que quelques fleurs qui se fanent tristement.

Affolée de ne pas voir revenir sa fille bien-aimée, la déesse la cherche dans toute la Sicile. Elle s'en prend aux nymphes qui auraient dû la surveiller de plus près et qui n'ont même pas donné l'alarme :

– Puisque vous n'avez pas été capables de protéger ma fille, allez la chercher sur terre et sur mer ! Ces ailes vous aideront.

Et c'est ainsi que la fureur de Déméter les transforme en sirènes, femmes oiseaux[1] qui gardent leur voix mélodieuse pour appeler leur compagne. Comme elles ne peuvent retrouver la pauvre Korè, elles sont condamnées à vivre

1• Les sirènes ne seront représentées comme des femmes à queue de poisson qu'à partir du Moyen Âge.

sur les écueils de la mer où leurs chants charmeront les marins et les attireront vers la mort.

De deux pins, Déméter fait des torches qu'elle allume aux feux de l'Etna. Et elle-même commence à parcourir le monde en appelant sa chère enfant. Pendant neuf jours et neuf nuits, elle divague à travers la campagne, échevelée, en larmes, criant le nom de sa fille d'une voix de plus en plus rauque. Le désespoir l'accable plus encore que l'épuisement : aucun indice, aucun témoin de la disparition de sa fille ! Hébétée, elle s'assied sur une pierre et se prend la tête dans les mains ; elle se met à pleurer. C'est alors qu'elle voit venir vers elle la déesse Hécate[1] :

– Je sais que tu cherches ta fille et je dois dire que je l'ai entendue pousser un cri. Elle a été emportée sur un char mais, malheureusement, je n'ai pas pu voir qui était son ravisseur : il avait la tête environnée d'ombre. Et si tu demandais au dieu Soleil, Hélios, qui voit tout ?

Mais il est tard, Hélios est parti de l'autre côté du monde. Déméter reste là, sans bouger. Elle a très soif. Une vieille femme sort alors d'une cabane voisine. Considérant l'état de l'étrangère, sans rien dire, elle lui apporte un pot rempli d'eau fraîche, saupoudrée de farine d'orge grillée. Cette bouillie très liquide est un excellent reconstituant. La déesse boit avidement. Mais si la vieille femme est

1→ Hécate est une divinité ancienne apparentée aux Titans. On l'a d'abord considérée comme une déesse bienveillante puis on lui a attribué l'invention de la sorcellerie. Dans les campagnes, on lui dresse aux carrefours des statues, la représentant comme une femme à trois têtes ou trois corps, auxquelles on fait des offrandes.

accueillante, ce n'est pas le cas de son jeune fils qui se conduit comme un malotru, sans respecter les lois de l'hospitalité :

– Quelle gloutonnerie, ricane-t-il. En voilà des façons !

Et il se met à rire. Mais il n'a pas le temps d'en dire plus. La déesse offensée jette sur lui le reste de la bouillie d'orge et le voilà aussitôt transformé en un lézard tacheté qui n'a plus qu'à aller se réfugier sous une pierre.

Lors de sa quête, Déméter fut accueillie par le roi et la reine d'Éleusis, et, en remerciement, elle révéla à leur fils les mystères de la germination des grains et lui apprit à labourer et à semer. Elle lui confia son char ailé, attelé de dragons, et lui donna mission de répandre à travers le monde la culture des céréales.

Est-ce le soleil qui indiqua à Déméter le nom du ravisseur de sa fille ? Est-ce une source qui avait trouvé dans ses eaux la ceinture de la jeune fille ? Ou tout simplement les habitants de la région ? On ne sait trop. Mais apprenant où a été emmenée sa fille bien-aimée, la déesse adresse une prière à son frère Zeus :

– C'est pour ma fille que je viens te toucher les genoux en suppliante[1], ô roi des dieux. Elle est ce que j'ai de plus cher. C'est mon propre sang mais c'est aussi le tien, je te le rappelle. Accepteras-tu qu'elle soit perdue à jamais ? Elle

1→ C'est la position du suppliant en Grèce antique : à genoux devant la statue ou la personne qu'on supplie, une main lui touche les genoux, l'autre le menton.

qui aimait tant cueillir des fleurs dans les prairies ensoleillées, devra-t-elle se morfondre dans le palais d'Hadès où la lumière d'Hélios ne pénètre jamais ?

– J'aime autant que toi notre fille, répond Zeus, un peu gêné, car, sans rien en ignorer, il avait fermé les yeux sur le rapt de Perséphone. Mais Hadès est notre frère, il partage le pouvoir avec moi et Poséidon. Son empire est sans limites. C'est un beau parti pour notre fille. Accepte-le pour gendre.

– Jamais ! Je ne pourrai jamais revoir ma fille si elle est enfermée dans le monde souterrain. Cette séparation m'est insupportable. Notre frère n'est qu'un brigand ! Et toi, tout roi des dieux que tu es, tu ne vaux pas mieux. Si ma fille ne m'est pas rendue, je ne remonterai jamais dans l'Olympe.

Et la déesse redescend sur la Terre. Elle couvre sa magnifique chevelure de cendres, se lacère les joues en signe de deuil, prend l'apparence d'une vieille femme et s'en va travailler comme nourrice dans une famille de mortels. Mais alors le sol devient stérile. Les blés qui levaient dans les champs se dessèchent sur pied. Les arbres meurent sans donner de fruits. Le soc des charrues se casse dans la terre durcie sans former de sillons. Les meules s'arrêtent : il n'y a plus de grain à moudre où elle avait son territoire, à travers toute la Grèce, jusqu'à la Sicile si fertile jadis. Tous meurent, les paysans et leurs bœufs. Le chardon, l'ivraie et le chiendent recouvrent les champs.

Il faut faire quelque chose ! La race humaine ne peut ainsi disparaître. Zeus s'en émeut :

– Si tu tiens tant à ta fille, ma sœur, Hadès te la rendra. Mais elle ne pourra quitter le séjour des morts si elle y a pris la moindre nourriture. C'est un décret des Parques[1] et tu sais que même moi, le maître des dieux, je n'ai aucun pouvoir sur leurs décisions.

Mais hélas ! Perséphone, pour tromper son ennui, s'était promenée dans les jardins du palais. Ils étaient bien dessinés et bien entretenus et la promenade lui rappelait les courses de son enfance dans la nature sicilienne. Pleine de nostalgie, la jeune déesse, en passant devant un arbre dont les branches ployaient sous les fruits, avait cueilli une grenade et, sans vraiment y penser, en avait mangé sept grains. Nul ne l'aurait su, si un jardinier, par pure cruauté, ne l'avait dénoncée. Elle punit aussitôt ce jardinier trop bavard en le transformant en un hibou de mauvais augure, qui hululera pour annoncer une mort mais le mal est fait : Perséphone ne peut plus retourner sur terre.

À cette nouvelle, le désespoir de sa mère ne connaît plus de bornes. Elle veut sa fille. Jamais plus, dit-elle, elle ne s'occupera de faire germer le blé et l'orge. Tant pis pour la race humaine ! Hadès, cependant, ne veut pas se séparer de la femme qu'il aime. Et il y a ce décret des Parques… Le grand Zeus est dans l'embarras. Mais il trouve la solution : l'année sera séparée en deux. Pendant un temps, Persé-

1→ Les Moires (ou les Parques selon leur nom latin) sont trois déesses, trois sœurs : Clotho, Lachésis et Atropos. On les représente comme des fileuses, filant la vie des mortels. L'une file, la deuxième enroule le fil de la vie et la troisième le coupe à son gré. Elles sont inflexibles, même les dieux ne peuvent pas changer la destinée qu'elles ont filée pour chacun.

phone résidera dans les séjours souterrains pour régner sur les morts avec son époux puis elle retournera à la lumière du soleil, auprès de sa mère.

C'est pourquoi, quand Perséphone descend au séjour des morts, Déméter, inconsolable, laisse les arbres perdre leurs feuilles et la végétation dépérir. C'est l'hiver. Et cela dure jusqu'au retour de sa fille chérie. Alors les blés lèvent, l'herbe croît pour les troupeaux, les fruits se forment et mûrissent : la terre revit. Les présents de Déméter sont rendus aux hommes et elle leur donne des moissons abondantes et des fruits savoureux. Ils remercient la déesse en lui consacrant la première gerbe et les premiers fruits de chaque récolte.

Les mystères

Les cultes à mystères étaient réservés à des initiés[1]. Ils avaient pour but le salut individuel et promettaient à leurs adeptes la vie éternelle s'ils observaient correctement les rites. Des mystères étaient pratiqués pour plusieurs divinités : Dionysos mais aussi Déméter et sa fille Korè (Perséphone). Ces deux déesses veillent sur les céréales mais aussi sur les morts. Les mystères montraient que les âmes et les graines devaient, de la même façon, être enfermées dans les ténèbres avant de trouver la lumière. Les plus célèbres mystères de Déméter et de Korè se déroulaient dans la ville d'Éleusis, non loin d'Athènes. Tous pouvaient se faire initier, Grecs, esclaves et même les étrangers, s'ils parlaient grec. Les mystères d'Éleusis avaient lieu une fois par an, au mois de Boédromion (septembre), et duraient plusieurs jours. Si l'on sait ce qui se passait les premiers jours, la purification dans la mer des « mystes » et du porcelet qui constituait leur offrande à la déesse puis le cortège qui partait d'Athènes et apportait à Éleusis la corbeille « mystique », on connaît moins les rituels des nuits suivantes dont le secret – le mystère – a été bien gardé. Sans doute s'agissait-il de rituels d'initiation où l'on faisait d'abord régner une atmosphère de terreur. Puis des torches, attributs de Déméter et de sa fille, évoquaient la révélation. Alors on montrait des symboles de fertilité et l'on représentait une « hiérogamie », ou mariage sacré. Les adeptes devaient pratiquer ces rites tous les ans pour gagner l'immortalité de l'âme.

1→ En grec, *myste* signifie « initié ».

Héra

Héra est la troisième fille de Cronos. Quand Zeus l'eut rendue à la vie, il la fit élever par le couple de Titans Océan et Téthys, sa sœur et épouse. Téthys s'y entendait pour élever des enfants car elle en avait eu elle-même plus de trois mille : c'étaient tous les fleuves. Elle éleva la jeune déesse aux frontières du monde, là où le soleil termine sa course et se couche : dans le jardin des Hespérides, les nymphes du couchant. C'est là que jaillissent les sources d'ambroisie[1], la seule nourriture des dieux.

Elle épousa son frère, Zeus. Les noces eurent-elle lieu sur le mont Ida, en Crète ou dans le jardin des Hespérides ? Rien n'est sûr. Mais ce que l'on sait, c'est que la nuit de noces dura trois cents ans. Comme elle est l'épouse légitime du dieu, Héra est la protectrice de toutes les femmes mariées. Héra donna trois enfants à Zeus : un fils, Arès, le dieu de la guerre, et deux filles, Ilithye, qui préside aux accouchements, et Hébé, qui sert l'ambroisie lors des banquets des dieux. Quant à son quatrième enfant, Héphaïstos, on prétend que la déesse le conçut seule, sans union amoureuse, par colère et défi, pour se venger des infidélités de son époux.

1→ Les dieux de l'Olympe se nourrissent uniquement d'ambroisie et ne boivent que du nectar. On ne sait de quoi sont constitués ces aliments mais ils passent pour être exquis et répandre un parfum délicieux. Ceux qui en consomment acquièrent l'immortalité. Si les dieux en sont privés, ils s'affaiblissent.

Certes Héra est très belle. Les poètes louent ses bras blancs. Elle sait, en le frottant d'ambroisie et de suaves parfums, rendre son corps désirable. Elle sait se vêtir d'une robe aux agrafes d'or et s'envelopper d'un voile blanc plus étincelant que le soleil. Elle sait se parer de boucles d'oreilles et de sandales d'or. Elle a même le pouvoir, en se trempant chaque matin dans l'eau d'une source sacrée, de retrouver sa virginité. Mais tout en lui rendant hommage, Zeus ne cesse de lui être infidèle avec des déesses, des nymphes et même de simples mortelles. Héra en ressent une violente jalousie et poursuit avec acharnement les maîtresses du dieu et les enfants qu'elles lui donnent. On sait comment, aidée de sa fille Ilithye, elle retarda l'accouchement d'Alcmène pour empêcher Héraclès, le fils de Zeus, d'accéder au pouvoir et comment, ensuite, elle envoya des serpents pour l'étouffer dans son berceau. Puis dans sa hargne vengeresse, elle l'obligea à accomplir douze travaux qui l'emmenèrent jusqu'aux Enfers. Elle tendit aussi un piège pour faire périr Sémélé, une autre femme aimée de Zeus, et frappa de folie sa sœur Ino et son beau-frère Athamas qui avaient eu l'audace de recueillir leur neveu à la mort de Sémélé. Ainsi les poussa-t-elle à tuer leurs propres enfants : Athamas, prenant son fils pour un chevreau, le transperça d'un épieu et Ino fit bouillir leur second enfant dans un chaudron. Héra changea aussi la nymphe Callisto en une ourse que son fils faillit tuer d'une flèche. Et Héra se vengea de la nymphe Égine en envoyant la peste aux habitants, pourtant bien innocents, de l'île où Zeus l'aima.

Io

La déesse s'acharna sur une de ses prêtresses, Io. Elle était, disait-on, une princesse royale ou même la fille d'un dieu fleuve. Sa beauté délicate avait séduit le roi des dieux. Oh, la jeune fille avait bien tenté de résister à Zeus ! Mais celui-ci, rusé, lui avait envoyé un rêve qui lui suggérait de se rendre à Lerne et là, de céder aux embrassements du dieu. Elle avait obéi à ce rêve mais Héra avait deviné quelque chose : une vapeur étrange s'élevait de la terre et Zeus n'était visible nulle part, ni sur l'Olympe ni dans un des temples où il aimait se réjouir des sacrifices faits en son honneur ! Son époux ne se cacherait-il pas derrière ce nuage étrange, en compagnie d'une de ses maîtresses ? Elle donna l'ordre à la vapeur de se dissiper mais, trop tard ! Zeus avait déjà changé sa rivale en une blanche génisse.

Héra s'extasie sur la beauté de la bête, demande à son époux de quel troupeau elle vient, à qui elle appartient.

– C'est une fille de Gaïa, la Terre, répond Zeus, un peu pris de court.

– Elle est vraiment magnifique ! Mon cher époux, je t'en prie, donne-moi cette bête superbe. Elle est digne d'entrer dans mes pâturages.

Que faire ? Le dieu est perplexe : accepter, c'est cruel pour Io, condamnée à garder sa forme animale. Mais refuser serait suspect. Finalement, la prudence l'emporte, le dieu offre la génisse à son épouse. Mais Héra n'est pas rassurée pour autant. Elle connaît l'âme de son époux. Pour plus de sécurité, elle met la génisse sous la garde d'Argos. C'est un géant d'une force prodigieuse qui protégeait la région. Il avait tué de ses mains un taureau qui ravageait la campagne puis un satyre[1] qui enlevait les troupeaux. Mais surtout il avait débarrassé la région de la monstrueuse Échidna[2] qui avait la fâcheuse habitude de dévorer les passants. Héra fait confiance à la force d'Argos pour empêcher toute tentative d'enlèvement, d'autant qu'il a un atout supplémentaire : il est doté de cent yeux qui ne se ferment jamais en même temps. Le géant ne dort que d'un œil, ou plutôt il ne dort que de cinquante !

Le jour, Argos attache Io à un olivier et la laisse paître sans la quitter du regard et, la nuit, il l'enferme dans une caverne et la maintient attachée. La malheureuse est obligée de se nourrir d'herbe et de feuilles, de boire l'eau boueuse des ruisseaux et de dormir à la dure. Si seulement elle pouvait demander du secours ! Mais quand elle veut supplier son gardien et tendre ses bras vers lui, elle n'a pas de bras à tendre et de sa gorge ne sortent que des mugissements déchirants dont elle s'effraie elle-même.

Mais le roi des dieux ne peut supporter les souffrances de sa maîtresse. Il appelle son fils Hermès, le rusé, et lui demande de tuer Argos et de délivrer Io. Mais ce n'est pas

1→ Les satyres, ou silènes, sont des divinités de la nature. Ils font partie du cortège de Dionysos. On les représente comme des humains mais avec une large queue de cheval et le bas du corps d'un cheval ou d'un bouc. Pourvus d'un membre viril gigantesque, ils sont l'image même de la lubricité.

2→ Échidna est la fille de Gaïa, la Terre, et de Tartare, personnification de la région la plus profonde de la Terre ou sont enfermés les grands criminels. Gaïa et Tartare ont eu comme enfants divers monstres : Typhon et Échidna et, dit-on parfois, l'aigle de Zeus et Thanatos, la mort. En grec, *Echidna* signifie « vipère ». Échidna avait une tête et un corps de femme et une queue de serpent.

chose facile. Hermès s'arme, attache des ailes à ses pieds, met son couvre-chef ailé lui aussi et prend sa baguette, capable d'endormir les hommes, et d'un bond, le voilà sur la Terre. Là, il dissimule tous ses attributs divins et se déguise en un innocent berger qui mène paître ses troupeaux. Il n'a gardé que sa baguette dont il se sert comme un aiguillon pour pousser les bêtes récalcitrantes. Il joue des mélodies sur une flûte de Pan et, comme l'instrument vient d'être inventé, cette nouveauté attire l'attention d'Argos qui engage avec lui une aimable conversation. Tout le jour ils discutent agréablement puis Hermès lui joue des airs doux et langoureux sur sa flûte. Argos commence à s'endormir. Ses paupières s'alourdissent et une partie de ses yeux se ferment. Mais les autres résistent encore. Le géant a des sursauts et cinquante yeux se tournent vers la génisse qui se tient bien tranquille à l'ombre de son arbre. C'est alors qu'Hermès saisit sa baguette et réussit à endormir le féroce gardien qui se couche sur l'herbe avec une expression de bonheur parfait. Puis sans attendre, il saisit son glaive et tranche la tête d'Argos.

Héra s'en aperçoit aussitôt. Pour immortaliser son fidèle serviteur, elle recueille ses cent yeux et les dépose sur la queue de l'oiseau qui lui est consacré. C'est pourquoi quand le paon fait la roue, sur ses magnifiques plumes bleutées apparaissent les yeux d'Argos. Mais le chagrin ne fait pas oublier à Héra sa vengeance. Zeus n'a pas encore eu le temps de métamorphoser la petite génisse que la déesse la fait poursuivre par un taon. La pauvre Io galope, galope, se fouettant les flancs de sa queue. Quand, épuisée, elle veut se reposer quelques instants, l'insecte est là, qui la harcèle, la mord et lui fait presque perdre la raison. La génisse est obligée de reprendre sa course. Elle traverse la Grèce du sud au nord, se jette à la mer et traverse à la nage le détroit qui sépare l'Europe de l'Asie et qui prend alors le nom de Bosphore[1]. Elle erre encore en Asie et arrive en Égypte où elle met au monde le fils que lui a donné Zeus. Là, enfin, le dieu parvient à lui rendre sa forme première mais Héra ne désarme pas. Elle fait enlever l'enfant par les Curètes[2] et Io aura encore toutes les peines du monde à le retrouver.

Le complot contre Zeus

Les relations conjugales du couple divin ne sont pas toujours faciles car, si Héra est jalouse, Zeus, lui, se méfie sans cesse d'elle et de ses intrigues. Il sait que, si elle cherche à lui plaire, empruntant au besoin la ceinture d'Aphrodite qui rend les femmes irrésistibles, c'est pour lui demander une faveur ou manigancer quelque piège. Un jour, lassée des fredaines de son divin époux, elle réussit à persuader les autres dieux de l'Olympe qu'il s'occupait trop des mortelles pour continuer à exercer correctement le pouvoir. Il fallait donc l'en déposséder et mettre un autre dieu, moins irresponsable, à sa place. Lorsque Zeus fut endormi, tous les Olympiens l'entourèrent et se

1→ En grec, Bosphore signifie « passage de la vache ».
2→ Les Curètes étaient des fils de Gaïa, la Terre. Ils avaient participé à l'éducation de Zeus en Crète.

jetèrent sur lui, excepté la sage et tranquille Hestia qui ne se mêlait jamais de querelles humaines ou divines. Les dieux ligotèrent, avec des lanières de cuir nouées de plus de dix nœuds, leur roi qui menaça bien de les réduire en cendres mais les conjurés, prévoyants, lui avaient ravi son foudre meurtrier. Sans lui, il était réduit à l'impuissance.

Pendant que les dieux se disputaient la succession de Zeus, Thétis, prévoyant une guerre entre les conjurés, résolut de sauver le maître des dieux. Elle appela Briarée, le géant aux cent bras :

– Viens vite. C'est terrible ! Il faut aider le grand Zeus, comme tu l'as fait jadis dans son combat contre les Titans. Les Olympiens l'ont enchaîné, ils veulent prendre le pouvoir mais ils vont se battre. Cela sera épouvantable et aussi destructeur que la guerre contre les Titans. Nous avons besoin de toi.

Briarée aux cent bras ne répondit pas. Il courut sur l'Olympe et il lui suffit de s'asseoir près de Zeus enchaîné pour que la seule vue de sa force fît fuir les dieux conjurés. Aussitôt libéré, Zeus attrapa son insolente épouse, source de tous ses ennuis, et la suspendit dans le ciel, les mains liées par une chaîne d'or ; il lui avait attaché deux énormes enclumes de bronze aux pieds pour l'empêcher de remonter. Les autres dieux protestaient, grondaient, mais dès que l'un d'eux s'approchait d'Héra, Zeus le repoussait violemment. Aussi personne n'osa plus s'y risquer et Héra dut attendre dans cette position douloureuse et honteuse le bon vouloir de son époux.

Hadès et le royaume des morts

Au moment du partage des pouvoirs, Hadès reçut le gouvernement des morts. Il vit donc sous la terre, dans les ténèbres brumeuses, loin de l'Olympe. On nomme son royaume les Enfers, la demeure d'Hadès ou plus simplement l'Hadès. Il ne le quitte que pour inspecter la Terre, souvent secouée par son frère Poséidon, l'ébranleur du sol. Il ne faudrait pas qu'un séisme ouvre une brèche dans son affreux royaume moisi et y laisse pénétrer les rayons du soleil. Le jour affolerait ses sujets ou, pire, certaines âmes songeraient peut-être à s'échapper. C'est d'ailleurs en faisant une de ses inspections en Sicile qu'il rencontra Perséphone, sa future épouse[1].

Il a reçu des Cyclopes, pendant la lutte des dieux contre les Titans, un casque qui le rend invisible. Il en a tiré son nom, Hadès[2] : l'invisible. Mais on le nomme aussi Ploutos, c'est-à-dire « le riche ». Et cela pour deux raisons : d'abord c'est lui qui possède toutes les richesses du sous-sol, les métaux précieux et même la terre profonde où s'enracinent les graines et les plantes que fait pousser Déméter. C'est pourquoi les hommes représentent parfois Hadès tenant une corne d'abondance. Ensuite son royaume s'en-

1→ Voir le récit de cette rencontre dans « Déméter et Perséphone », p. 47.
2→ Les Grecs pensaient que son nom avait pour étymologie *a-idein* : « ne pas voir ».

richit sans cesse des morts qui affluent et il ne les en laisse jamais partir. C'est le rôle de Cerbère, son chien de garde, de ne laisser sortir aucune âme comme de ne laisser entrer aucun vivant. Mais qui oserait affronter ce monstre à trois têtes, chacune armée de deux rangées de crocs empoisonnés – sa bave même est mortelle –, qui utilise sa queue bardée de fer comme le dard d'un scorpion ?

Cependant quelques âmes faillirent sortir de son royaume : Sisyphe usa de toutes les ruses de son esprit tortueux pour s'échapper du monde souterrain. On dut faire appel à Hermès pour le ramener et il fallut l'enfermer dans le Tartare, la prison la plus profonde des Enfers[1]. Inconsolable de la mort d'Eurydice, son épouse, le célèbre musicien Orphée avait réussi à émouvoir de sa lyre tous les gardiens des Enfers, jusqu'à l'impitoyable Perséphone elle-même. Sous le charme, elle l'avait autorisé à ramener sa femme sur terre. Mais il ne devait surtout pas la regarder avant d'avoir quitté son ténébreux royaume. Trop amoureux, Orphée ne put résister et Eurydice redevint une ombre insaisissable et redescendit dans le royaume des morts[2].

Les rencontres d'Hadès avec les mortels pouvaient donner lieu à de farouches affrontements : quand, pour effectuer le dernier de ses douze travaux[3], Héraclès dut rame-

1→ Voir « La création du monde », p. 11.
2→ Voir le mythe d'Orphée dans *Héros de la mythologie grecque* (Folio Junior Les universels).
3→ Voir le mythe d'Héraclès dans *Héros de la mythologie grecque* (Folio Junior Les universels).

ner Cerbère, il ne pénétra aux Enfers ni par la ruse ni par l'art. Il entra en force, se battit avec tous ceux qui l'empêchaient de passer et même avec Hadès, qu'il toucha d'une flèche à l'épaule. Le dieu était bien sûr immortel, mais la blessure était si douloureuse qu'il dut quitter son royaume et monter rapidement sur l'Olympe et se faire soigner par un dieu guérisseur qui appliqua sur son épaule un pansement de plantes.

Selon le marché passé avec Déméter, Perséphone vit avec sa mère sur terre pendant une bonne partie de l'année puis, durant trois mois, retrouve son époux dans ces lieux sans douceur. Ils n'ont pas d'enfants. Parfois, pendant ses rares séjours sur terre, Hadès tente de séduire une nymphe mais Perséphone veille : elle déchiqueta la nymphe Menthé, qui était prête à succomber devant l'éclat du char d'or et les chevaux noirs du dieu. Pour l'épargner, Hadès transforma la pauvrette en un pied de menthe odorante. Et la blanche nymphe Leucé devint un peuplier blanc. Perséphone, elle, est fidèle à son époux. Son grand amour est pour sa mère, et quand elle se tient aux Enfers, elle se plaît dans la compagnie de la déesse Hécate[1].

Mais un jour, un mortel eut l'audace de la convoiter : Pirithoos. Avec son ami Thésée, Pirithoos avait fait le serment d'avoir pour épouse une fille de Zeus. Dans ce but, Thésée avait enlevé la belle Hélène, fille de Zeus et de

1→ Voir note 1, p. 51.

Léda, mais il avait dû la rendre à sa famille[1]. Pirithoos demanda à un oracle quelle fille de Zeus il devait rechercher. L'oracle répondit :

– Et pourquoi pas Perséphone, l'épouse d'Hadès ?

Pirithoos ne saisit pas l'ironie de cette réponse et la prit au sérieux. Thésée ne réussit pas à dissuader son ami et, tout serment étant sacré, il dut le suivre car Pirithoos avait tout bonnement décidé de demander à Hadès de lui céder sa femme. Ils se dirigèrent vers une entrée secrète des Enfers, évitant ainsi le terrible Cerbère.

Après une longue marche dans les brumes, les deux héros se trouvent face au terrible dieu et Pirithoos, sans crainte, expose sa requête. Aimablement Hadès l'écoute et invite les deux mortels à s'asseoir. Mais quelle erreur de se fier à ce dieu impitoyable ! À peine assis, ils sentent leur siège entrer dans leurs chairs et des serpents les enlacent en sifflant de colère.

– Pauvres petits mortels, tonne le dieu, comment avez-vous eu l'audace de me défier ? Vous n'êtes que des insectes ! Ne savez-vous pas que l'*hybris*[2] est impardonnable ? Vous aurez le temps d'y réfléchir car vous resterez ici pour l'éternité.

Et si, quatre ans plus tard, Hadès autorisa Héraclès à délivrer Thésée, il garda pour toujours Pirithoos enchaîné car, après tout, c'était lui le responsable de ce blasphème.

1• Voir le mythe de Thésée dans *Héros de la mythologie grecque* (Folio Junior Les universels).

2• Le mot *hybris* signifie en grec ancien « la démesure, l'orgueil ». C'est une faute majeure envers les dieux. L'homme doit savoir rester à sa place, humble adorateur des dieux, sans essayer de les égaler.

Les Enfers

L'univers s'organise verticalement : en haut le ciel, avec l'Olympe neigeux, la demeure des dieux. Loin, plus bas, la Terre où vivent les hommes. Dessous, les Enfers, le royaume des morts et, au plus profond, aussi loin de la Terre que la Terre est éloignée du ciel, le Tartare brumeux. Si l'on faisait tomber du ciel une enclume de bronze, elle mettrait neuf jours et neuf nuits à atteindre la Terre, de même elle tomberait de la Terre pendant neuf jours et neuf nuits avant de rejoindre le Tartare ! C'est là qu'on garde ceux qui ont voulu défier les dieux : une partie des Titans, certains géants, les hommes et les héros victimes de leur *hybris*. Le Tartare est entouré de murailles de bronze et d'un triple rang d'ombre. Il est gardé par trois géants parmi lesquels Briarée, le géant aux cent bras, fidèle ami de Zeus. Ce lieu, horrible et moisi, fait horreur aux dieux eux-mêmes.

Mais avant de pénétrer dans le Tartare, il faut passer par les Enfers. L'entrée principale se situe très loin au nord, au-delà du fleuve Océan[1], dans un pays couvert de nuées et de brumes que jamais n'ont percées les rayons du soleil. Le domaine est ceint de quatre fleuves qui font neuf boucles : d'abord c'est l'Achéron, entouré de marécages dans lesquels pataugent les âmes qui attendent le bon vouloir de Charon, le passeur. Malheur au mort qui n'a pas été enterré avec, dans la bouche, une piécette d'une obole. Il ne peut payer son passage sur la barque rouillée que manie

1→ Dans la représentation antique de l'univers, l'océan est un fleuve qui entoure la Terre, conçue comme un disque plat.

le passeur. Alors le vieillard, sale, hirsute et vêtu de haillons, le fixe de son regard terrible et si l'âme ne s'écarte pas assez vite, d'un coup de gaffe, il fait place aux autres. La pauvre âme devra attendre cent ans pour pouvoir entrer aux Enfers.

Les autres fleuves sont un fleuve d'eau glacée, le Cocyte, que les hommes appellent aussi le fleuve des gémissements, et le Phlégéton, un fleuve de feu. Les deux fleuves se rejoignent pour former l'Achéron et, à leur confluent, jaillit une grande cascade. Le dernier fleuve est le Styx. Styx était jadis une fille d'Océan. Pour la remercier d'avoir pris parti pour lui dans sa querelle contre les Titans, Zeus en fit la rivière sur laquelle les dieux prêtent leurs serments les plus solennels. Quand ils doivent en faire un, ils envoient Iris, leur messagère, puiser dans ce fleuve pour que l'eau soit témoin du serment. Le dieu parjure resterait sans souffle pendant une année, puis serait exclu des conseils et des festins des dieux pendant dix ans. La punition est si dure que jamais un dieu n'ose s'y risquer. Le Styx a également des pouvoirs magiques et c'est dans ses eaux que Thétis a trempé son fils Achille pour le rendre immortel. Mais hélas ! il a bien fallu qu'elle le tienne par son talon, qui resta vulnérable.

Cernés par les méandres de ces fleuves, des champs où, sous le gouvernement de Minos, fils de Zeus et d'Europe, errent, pour l'éternité, les âmes des morts. Ce sont des ombres sans épaisseur ni force qui mènent une seconde vie, ralentie. Elles sont comme les asphodèles, ces fleurs fragiles qui éclosent en automne sur les terres arides et vacillent sur leur tige au gré du vent, ou comme des chauves-souris qui voltigent çà et là en poussant de petits cris aigus. Elles ont gardé leurs affections et leurs haines terrestres, mais toutes ont en commun le regret de leur vie passée. Achille, le héros de la guerre de Troie, qui avait pourtant préféré une mort glorieuse à une longue vie anonyme, l'exprime très clairement :

– J'aimerais mieux être le dernier valet chez un pauvre fermier et manquer de tout plutôt que régner sur ces morts, sur tout ce peuple éteint.

Pourtant, pour les parents des dieux, tel Ménélas, l'époux d'Hélène, un autre sort est promis : ils connaîtront le bonheur tout au bout de la Terre, aux champs Élysées, où s'offre la plus douce vie, sans neige, sans hiver, sans pluie. On ne sent que les zéphyrs dont le souffle léger rafraîchit la peau.

Dans les ténèbres infernales se tiennent généralement les Érinyes. Ces déesses, nées de la mutilation de Cronos, vieilles femmes aux blancs cheveux entremêlés de serpents, protègent l'équilibre de la société. Elles ne quittent leur sombre demeure que pour aller se jeter sur tous ceux qui troublent l'ordre social en s'attaquant aux dieux, à leurs parents ou à leurs hôtes. Comme des chiennes, elles ne lâchent jamais leur proie, jusqu'à la rendre folle. Les hommes n'osent même pas prononcer leur nom, de peur d'attirer leur attention, et les nomment les Euménides, ce qui signifie les « bienveillantes », surnom fort peu mérité mais destiné à les flatter. On y trouve également deux génies ailés, tous deux fils de la nuit : Hypnos, le sommeil, et Thanatos, la mort. Autant le premier peut être doux aux humains, autant l'autre est le cruel et impitoyable aide d'Hadès. On lui attribue une âme de fer et un cœur de bronze que la pitié ne saurait émouvoir. Ces deux génies ont des sœurs, les Kères, noires avec de grandes dents blanches et des ongles crochus ; elles déchirent les cadavres des guerriers morts sur le champ de bataille et boivent leur sang. Mais elles représentent aussi le destin des guerriers, celui que Zeus pèse pour décider du gagnant d'un combat singulier, comme il l'a fait pour Achille et Hector pendant la guerre de Troie[1].

Les mortels respectent Hadès mais ils le craignent. Ce dieu inflexible n'a en Grèce qu'un temple, ouvert une seule fois par an et dans lequel n'entre que son prêtre. Cependant on n'oublie pas les honneurs qu'on lui doit et on lui fait des sacrifices. Mais si on choisit les plus belles vaches, elles doivent être stériles et les victimes, les béliers par exemple, sont noires. Et, alors que d'ordinaire les dieux se contentent d'une petite partie de l'animal et de la fumée, quand on les offre aux morts ou aux dieux infernaux, on brûle la bête entière : c'est l'holocauste[2].

1→ Voir *L'Iliade* d'Homère (disponible dans Folio Junior Les universels).
2→ En grec ancien, *holo* signifie « tout entier » et *causte* vient d'un verbe qui signifie « brûler ».

La conception des Enfers évolue

La description des Enfers que nous avons donnée est celle des plus anciens poètes : Hésiode et Homère. Mais la destinée des âmes, telle qu'ils la perçoivent, est très pessimiste : pour les hommes ordinaires, c'est une sorte de torture sans fin qui ne tient pas compte des bonnes et mauvaises actions sur terre. Que le juste et le criminel subissent le même sort n'est pas satisfaisant, et cette conception archaïque évoluera sous l'influence des philosophes. Apparaît la notion de jugement des âmes. Le philosophe Platon[1], au IVe siècle avant notre ère, expose cette nouvelle conception dans plusieurs de ses dialogues : *Phédon*, *La République*, *Gorgias*. Selon lui, Zeus aurait trouvé injuste le traitement des âmes et aurait nommé des juges : « Les juges seront eux-mêmes des morts et, pour que le jugement soit équitable, il se fera loin de leur cadre de vie, de leurs honneurs, sans préjugé et loin de la famille. J'ai désigné comme juges trois de mes fils : Minos, Rhadamante et Éaque[2]. Rhadamante jugera les Asiatiques, Éaque, le plus pieux des Grecs, jugera les Européens, et Minos aura l'autorité suprême. Le Tartare fut alors considéré comme le lieu de punition éternelle des grands criminels. Les Érinyes s'y tenaient, armées de fouets pour les torturer. Les champs Élysées, que le philosophe nomme îles des bienheureux, devinrent un lieu de délices réservé aux âmes pures. Et pour les autres, les morts « ordinaires », ceux qui ont commis des fautes réparables ? Platon imagine qu'ils passeront au Tartare le temps suffisant pour purifier leur âme puis gagneront les champs Élysées si leurs victimes leur accordent le pardon.

1→ Platon (428-348 avant notre ère) fut un philosophe. Élève de Socrate, il transcrivit son enseignement.

2→ Rhadamante et Minos sont les fils d'Europe et de Zeus (voir le mythe de Minos dans *Héros de la mythologie grecque* (Folio Junior Les universels). Éaque est le fils de Zeus et de la nymphe Égine. (Voir son histoire p. 88.)

Poséidon

Poséidon, fils de Cronos et de Rhéa, est un frère de Zeus. Quand Zeus eut obligé Cronos à régurgiter ses frères et sœurs, le jeune Poséidon fut élevé par une fille du dieu Océan assistée de démons amphibies[1], mi-hommes mi-poissons, capables de prendre la forme qu'ils souhaitaient. Ces démons magiciens vivaient dans la mer, près d'une île. Ils avaient le talent de faire tomber pluie, neige ou grêle et de changer d'apparence à volonté. Ils étaient aussi sculpteurs et, les premiers, ils eurent l'idée de faire des statues de dieux. Le jeune Poséidon tomba amoureux de leur sœur et en eut six garçons et une fille, Rhodos, qui donna son nom à l'île.

Avec cette éducation, il était normal que, dans le partage du monde, après la victoire contre Cronos, Poséidon obtienne la domination sur les eaux : il règne sur les mers, les lacs et les pluies. Seuls les fleuves ne lui appartiennent pas, bien qu'il ait tout tenté pour les gouverner, mais chaque fleuve est lui-même un dieu. Homère l'appelle aussi « le maître de la terre » et « l'ébranleur du sol à la force géante » car il peut provoquer tremblements de terre et raz de marée. D'un coup de son trident, il peut faire jaillir des sources, faire naître les tempêtes, mais il peut aussi les apaiser car il commande aux vents qu'Éole retient dans sa caverne.

1→ On les appelait les Telchines.

C'est un dieu majestueux, aux cheveux et à la barbe couleur d'azur. Il vit au fond de la mer, dans un palais avec son épouse Amphitrite, une des nombreuses filles de Nérée, le vieillard de la mer. On raconte que le dieu la vit danser avec ses sœurs, en tomba amoureux et l'enleva. Par pudeur elle lui résista longtemps avant de consentir à l'épouser. Ils eurent trois enfants dont le plus célèbre est Triton, représenté avec une tête et un corps d'homme sur une queue de poisson. Triton souffle dans une conque, un gros coquillage marin, et accompagne avec d'autres divinités et des dauphins le char de ses parents tiré par des animaux marins : des chevaux blancs à crinière d'or et à queue de poisson.

Dans le cortège du dieu, on trouve aussi son berger, Protée. Il s'occupe des troupeaux de phoques de Poséidon et les mène paître dans les plaines de la mer. Il se tient souvent près de l'île de Pharos que les hommes rendront célèbre en y construisant une immense tour sur laquelle, toutes les nuits, on allumera un grand feu pour guider les navires. Mais Protée n'aime pas rencontrer les hommes qui viennent lui demander des conseils et des prophéties. Pour les éviter, il se transforme aussi bien en un animal des plus impressionnants, lion, panthère, serpent, qu'en un arbre ou même de l'eau ou du feu.

Un autre compagnon de Poséidon a le même pouvoir de divination que Protée. C'est Glaucos. Celui-là eut un destin étonnant : c'était un humain, un pêcheur. Mais un jour, par accident, il goûta d'une herbe qui rendait immortel. Son apparence changea ; ses muscles se développèrent, ses jambes se transformèrent en une magnifique queue de poisson écailleuse et ses cheveux et sa barbe prirent la teinte verte des algues. Il était devenu un dieu marin !

Le caractère de Poséidon n'est pas des plus aimables ! Il est querelleur, rancunier et souvent injuste. Bien qu'il ait soutenu Zeus dans la plupart de ses combats, il entretient avec son frère des rapports orageux. Et quand Zeus veut lui imposer sa loi, il ne se laisse pas faire :

– Ah ! Tu prétends me forcer à t'obéir, moi qui suis ton frère, ton égal ! Garde tes ordres et tes reproches pour tes enfants. Qui crois-tu effrayer ? Si par tirage au sort nous avons obtenu, moi d'habiter la mer, Hadès les sombres profondeurs des Enfers, et toi le ciel, la Terre et le haut Olympe nous sont communs. Laisse-moi donc y agir à ma guise !

Il participa d'ailleurs avec Athéna et Héra, la coléreuse épouse de Zeus, à un complot qui avait pour but d'enchaîner le roi des dieux. Ce complot fut déjoué par Thétis, la sœur d'Amphitrite ; elle alla demander secours au géant Briarée qui avait déjà soutenu Zeus dans son combat contre les Titans. La seule vue du géant aux cent bras suffit à décourager les comploteurs.

Les disputes de Poséidon avec les dieux et les déesses sont nombreuses : elles ont souvent pour cause la possession des cités. En effet, quand un dieu devient le protecteur d'une cité, ses habitants lui rendent des honneurs qui le flattent et font des sacrifices dont le parfum l'enchante. Quand plusieurs divinités jetaient leur dévolu sur la même ville, il y avait conflit. On se battait, il fallait avoir recours à des arbitrages. Et il faut bien dire que Poséidon en fut souvent le perdant. Parmi ses deux défaites les plus cuisantes, il n'obtint pas la cité Argos, que lui disputait Héra. Furieux de ne pas avoir été choisi, Poséidon décida d'assécher toutes les sources. La ville et les campagnes alentour allaient devenir inhabitables. Quel piètre domaine pour la déesse ! Heureusement, Poséidon tomba amoureux d'une des cinquante filles du roi d'Argos et leva la malédiction.

Autre échec retentissant : Athènes. La déesse Athéna convoitait aussi la ville, qui, à l'époque, ne portait pas encore son nom. On avait pris pour arbitre Cécrops, le premier roi de l'Attique[1]. Mi-homme, mi-serpent, il était né du sol même. Pour se le concilier, les deux divinités firent des présents à la ville : Poséidon, d'un coup de trident, fit jaillir sur l'Acropole[2] un lac d'eau salée tandis qu'Athéna faisait pousser le premier olivier. Comme Cécrops ne savait pas en faveur de qui trancher, on invita dieux et déesses à voter. Les déesses convoquées soutinrent Athéna et les dieux, bien sûr, Poséidon. Comme Zeus désirait rester neutre dans cette querelle, les déesses l'emportèrent à une voix près. Et la ville prit alors le nom de la déesse. Mais Poséidon, dépité, inonda la campagne de l'Attique. Zeus dut l'obliger à renoncer à ce type de vengeance.

1→ L'Attique est la région située autour d'Athènes.
2→ Le mot *acropole* signifie en grec « ville haute ». C'est le nom que l'on donne à la citadelle d'Athènes située sur une colline. Sur l'Acropole se trouvent également des temples.

Les Athéniens le considèrent comme le véritable père de leur héros, Thésée, qui se croyait fils du roi Égée. Et de fait, le dieu fut toujours bienveillant envers ce prince. Pour le récompenser d'avoir débarrassé la région de monstres et de bandits féroces, il lui promit d'exaucer un vœu. Cette protection ne porta pas chance à Thésée : croyant son fils coupable d'inceste, il le maudit et demanda au dieu de le punir :

– Ô Poséidon, même aux heures les plus sombres de ma vie, même quand Hadès me retenait prisonnier dans les Enfers, je ne t'ai pas imploré. Mais aujourd'hui je t'en supplie, venge un malheureux père, débarrasse la Terre du monstre le plus répugnant qu'elle ait jamais porté !

Et c'est là qu'apparut toute l'injustice du dieu. Tout en sachant le jeune homme innocent et avant que le malheureux Thésée n'apprenne la vérité, il fit surgir des flots un formidable monstre marin. Une montagne liquide s'approcha du rivage, dragon couvert d'écailles à la puissante tête de taureau. Le monstre effraya les chevaux qui tiraient le char du jeune homme. Courageusement celui-ci se défendit mais, jeté à bas du char, il fut traîné sur la grève et déchiqueté[1].

Le monstre marin est une arme que Poséidon aime employer contre les hommes ou plutôt contre les jeunes filles. Il en fait surgir un pour dévorer la belle Andromède qui pourtant n'avait commis aucun crime. Mais sa mère

1→ Voir le mythe de Thésée dans *Héros de la mythologie grecque* (Folio Junior Les universels).

avait eu l'audace de déclarer qu'elle et sa fille étaient plus belles que les filles de Nérée. Quelle sotte ! Oser se comparer à la femme et aux belles-sœurs du dieu ! La punition devait être exemplaire et une fois de plus, c'est une innocente qui aurait payé si le héros Persée ne l'avait pas secourue[1].

Un troisième monstre apparaît dans la légende du dieu. Un monstre et une rancune tenace ! Après la tentative pour l'enchaîner, Zeus décida de punir les auteurs de ce complot. Pour Poséidon et Apollon, il trouva un châtiment commun : ils devraient, pendant un an, servir le roi Laomédon comme esclaves. Ils allaient l'aider à bâtir une ville : Troie, en Asie Mineure. Poséidon s'occuperait spécialement des remparts de la ville tandis qu'Apollon garderait les troupeaux. Il leur avait promis pour cela un salaire, assez modeste dit-on. N'étaient-ils pas esclaves ? Poséidon mena à bien la construction du mur, dont il était assez fier ; mais quand, à la fin de leur année de service, les deux dieux réclamèrent leur salaire, pourtant fort maigre, Laomédon les vola et les renvoya avec des moqueries. Le fourbe ne s'en tira pas si simplement : Apollon se vengea en déclenchant une épidémie et Poséidon envoya un monstre marin qui projetait de l'eau de mer dans les champs cultivés, inondant les récoltes. Il achevait son ouvrage de destruction en dévorant les pauvres campagnards. L'oracle de Zeus, consulté par les habitants éplo-

1→ Lire le mythe de Persée dans *Héros de la mythologie grecque* (Folio Junior Les universels).

Voir et comprendre

LES ŒUVRES D'ART

Antiquité grecque

Dans l'Antiquité, les Grecs ont adoré un grand nombre de dieux auxquels ils ont donné un aspect humain. Ils les représentaient par des statues, de marbre, de bronze ou même d'ivoire et d'or, peintes de couleurs vives, qu'ils plaçaient devant ou dans les temples.

Après les saccages provoqués par les Perses lors de la seconde guerre médique, beaucoup de statues archaïques comme celle-ci furent enterrées dans l'Acropole pour laisser place à de nouvelles œuvres. La déesse représentée, sans doute Athéna, est assez figée. Sa présentation de face, la symétrie dans le visage, la coiffure et le sourire vague sont caractéristiques de cette période.

Koré au péplos.
Marbre sculpté.
Vers 530 av. J.-C.

Statuette de femme aux bras croisés.
Marbre sculpté.
Vers 2700 av. J.-C.

Au troisième millénaire avant notre ère, avant les invasions hellènes (vers 2200 av. J.-C.), s'est développée dans les Cyclades une civilisation avancée.
Les idoles de marbre, peintes, ramenées à des volumes géométriques les plus simples, révèlent déjà une forme supérieure de sensibilité et d'expression. La plupart de ces idoles représentent des déesses nues, debout, les bras croisés, et furent trouvées dans des tombes.

Cette grande statue est caractéristique de la période hellénistique (de 300 à 50 av. J.-C.) qui témoigne d'un goût croissant pour l'expression de la vie et du mouvement. Aphrodite était la seule déesse représentée nue, ce qui permet de faire apparaître le léger déhanchement qui ôte à la statue toute raideur. Le drapé qui entoure ses jambes semble s'animer. Le visage représente l'idéal de la beauté grecque. La comparaison des trois statues rend sensible l'évolution de la sculpture grecque au fil des siècles.

Aphrodite dite Vénus de Milo. Marbre sculpté. Vers 100 av. J.-C.

Antiquité grecque

Les sanctuaires comportaient des temples pour accueillir les dieux sur terre, et un ensemble de constructions comprenant des théâtres et des stades, car les cérémonies religieuses étaient accompagnées de concours, dramatiques ou sportifs, disputés en l'honneur des dieux. Les cités rivalisaient de faste dans l'architecture.

L'Acropole d'Athènes, située sur une colline, fut occupée depuis le néolithique, d'abord par un hameau puis par une citadelle fortifiée et un ensemble de temples consacrés à la protectrice de la ville, la déesse Athéna. Après sa destruction par les Perses en 480 et 479, les Athéniens décidèrent de tout reconstruire. Périclès, alors archonte d'Athènes, entreprit des travaux grandioses pour lesquels il fit venir les meilleurs artistes de toute la Grèce. Tout devait contribuer à impressionner les visiteurs : le Parthénon, considéré comme l'expression la plus parfaite de l'art classique, la statue d'ivoire et d'or haute de 10 m, représentant Athéna, et même les Propylées, entrée monumentale du sanctuaire.

Athènes. Vue sur les ruines de l'Acropole.

Reconstitution du site de Delphes. A. Tournaire. Aquarelle. 1894.

Au flanc du mont Parnasse, dans un site montagneux très sauvage, fut fondé au VIe siècle avant notre ère le sanctuaire de Delphes qui abritait l'oracle d'Apollon. Il attirait les pèlerins de toute la Grèce, recevait de riches présents. La voie sacrée qui menait au temple était couverte d'ex-voto, de trophées, de chapelles et des trésors de plusieurs villes gardés sous la protection du dieu. Le sanctuaire fut dépouillé de ses richesses par les conquérants romains, bien qu'ils aient continué à consulter l'oracle jusqu'à la fin du IIIe siècle. Puis les tremblements de terre, nombreux dans la région, détruisirent les édifices.

Le site de Delphes aujourd'hui, vu du théâtre.

Antiquité grecque et romaine

Les représentations des divinités ne se limitaient pas au domaine religieux. On en trouvait aussi en décoration sur les objets de la vie quotidienne, comme les ustensiles en céramique, un art florissant en Grèce, et, plus tard, dans les riches demeures romaines, sur les mosaïques et les fresques murales.

Les riches Romains décoraient de mosaïques le sol de leurs villas. Celle-ci, d'un art porté à la perfection, fut découverte à Constantine, en Afrique du Nord. L'effet est à la fois majestueux et familier par le contraste entre dieux et enfants. Le mouvement est rendu par le voile, les chevaux marins cabrés, les replis de leur queue, les remous sous les barques. La mer est foisonnante de poissons car les mosaïstes aimaient représenter des animaux.

Dionysos et deux ménades. Amphore grecque. VIe siècle av. J.-C.

Quoi de plus naturel que de représenter Dionysos, dieu de la vigne, sur une amphore destinée à contenir du vin ? Sur ce très beau vase athénien à figures noires, le dieu est représenté traditionnellement vêtu et coiffé à l'orientale. Face à lui, deux ménades esquissent un pas de danse assez rythmé et présentent au dieu un lièvre, symbole de fécondité, et un cerf. Grâce au décor de palmes et de formes géométriques, l'amphore donne l'impression d'un mouvement harmonieux.

Triomphe de Neptune et d'Amphitrite. Mosaïque romaine. IIIe siècle.

Dès le XVe siècle en Italie et le XVIe pour le reste de l'Europe, la Renaissance s'impose comme un vaste courant culturel. Les humanistes étudient les philosophies de l'Antiquité gréco-romaine et les artistes s'inspirent des dieux et des héros qui peuplent sa mythologie.

Botticelli est fidèle au mythe qui présente Aphrodite, abordant l'île de Cythère sur un coquillage géant, poussée par le souffle de Zéphyr. Celui-ci, à gauche, est vêtu d'une cape bleue et accompagné d'une jeune femme ailée, sans doute la Brise. À droite, la jeune fille à la robe printanière qui tend un manteau à la déesse a été identifiée comme une des Heures. La pose de la déesse, dite « Vénus pudique », est imitée de la statuaire romaine.

***La Naissance de Vénus*. Botticelli. Vers 1482. Détrempe sur toile.**

Au XIXe siècle, les mythes nordiques, l'histoire du Moyen Âge dominent dans l'inspiration des artistes. Mais avec ses déesses dénudées, ses héros et ses dieux athlétiques, la mythologie grecque reste une occasion de célébrer le corps humain.

Les tableaux d'Ingres se caractérisent par le souci de la ligne, du détail exact et de l'expressivité des visages. Ceci est net dans cette œuvre où l'on voit les courbes du corps de Thétis, placée en suppliante, aux genoux d'un Zeus raide et sévère.
Les attributs du dieu ne sont pas oubliés : le sceptre, symbole du pouvoir, et l'aigle, symbole de puissance et de noblesse.
On peut s'amuser de l'apparition d'Héra, à gauche, qui surveille son époux.

***Jupiter et Thétis*. Ingres. Huile sur toile. 1811.**

Le sculpteur Rodin (1840-1917) ne peut s'inscrire dans aucun courant du XIXe siècle. Dans sa façon de représenter l'intensité des sentiments humains, il est à l'avant-garde du XXe siècle et annonce le mouvement « expressionniste ». Revisiter la mythologie permet aux artistes du XXe siècle d'explorer les profondeurs de l'esprit humain et donne une clé pour percevoir le monde moderne.

Cette sculpture de marbre en préfigure une autre, de bronze, qui servira de socle à la statue d'un président argentin moderniste. Dans le dieu Apollon, Rodin a voulu symboliser la raison triomphant de l'ignorance, représentée par le serpent. Si le mythe est détourné, on en retrouve bien l'esprit, les dieux anthropomorphes et les héros ayant pour mission de débarrasser la Terre des premières créatures monstrueuses enfantées par Gaïa et de faire triompher la raison. Le corps du dieu est plein d'énergie et de passion. Il y a un effet de tension et d'élan dans son geste. Il ne regarde pas sa victime, qu'il menace de son arc, mais son visage serein semble se tourner vers le ciel et accroche la lumière divine.

Apollon écrasant le serpent Python. **Rodin. Marbre sculpté. Vers 1895.**

Musique-Cinéma

L'opéra a souvent puisé ses thèmes dans la mythologie. Quant au cinéma, en quête d'images fortes et d'effets spéciaux, il a célébré les héros traversant des épreuves et s'alliant ou s'opposant à des dieux protecteurs ou cruels. Mais le spectaculaire prend souvent le pas sur la fidélité aux mythes.

Si Orphée inspira nombre de musiciens, l'opéra-féerie d'Offenbach, qui parodie le mythe d'Orphée descendant aux Enfers pour retrouver sa femme disparue, scandalisa les érudits et les bien-pensants. L'œuvre se terminait même par une danse à la mode : l'impudique french cancan ! Cependant elle obtint du public un succès immédiat. L'affiche présente bien l'aspect parodique de cet opéra, avec un Enfer loin de la pensée grecque, un Hadès qui ressemble à un diable de carnaval et des petites femmes légèrement vêtues.

J. Chéret. Maquette de l'affiche pour *Orphée aux Enfers* de J. Offenbach. 1874.

Harry Hamlin et le robot chouette Buppo, dans le film *Le Choc des Titans*. Desmond Davis. 1981.

En dépit de son titre, ce film n'a rien à voir avec les Titans. Il s'inspire très librement du mythe de Persée auquel le scénariste ajoute d'autres épisodes. Outre Méduse, Persée doit affronter Pégase, un kraken, des scorpions géants, un chien à deux têtes. Les effets spéciaux sont remarquables pour un film antérieur à l'utilisation du numérique. C'est l'occasion de montrer toute une galerie de dieux parmi lesquels Athéna et sa chouette, représentée, comme on peut le voir sur la photo dans la main de Persée, sous la forme d'un robot. On nomme « péplums », du nom des vêtements portés alors par les femmes, ce genre de films inspirés de l'Antiquité, dont les héros sont des personnages mythologiques ou historiques.

Daphné.
Chantal Adam.
Sculpture. 2007.

rés, conseilla d'abandonner la fille du roi sur un rocher pour y attendre que le monstre la dévore. Seule l'intervention d'Héraclès put sauver la jeune fille[1].

Cependant la rancune de Poséidon ne désarma pas et il poursuivit les Troyens de sa haine. Pendant la guerre de Troie, il soutint les Grecs qui les combattaient et n'hésita pas à se jeter lui-même dans la mêlée pour les aider à prendre le dessus[2]. Et quand il luttait, ses pieds martelaient le sol, il poussait de tels cris que, de la plaine de Troie au mont Ida, la Terre en tremblait. Sa seule réticence fut contre le mur que les Grecs voulaient construire devant leurs vaisseaux et leur camp pour les protéger. Poséidon craignait que ce mur, élevé par des hommes, n'éclipse le rempart qu'il avait jadis bâti. Zeus dut lui promettre qu'il pourrait lui-même faire détruire ce mur par les vagues et les tempêtes dès que la guerre serait finie.

S'il prit le parti des Grecs, il en est un que le dieu poursuivit de sa colère : Ulysse. Il l'empêcha obstinément de regagner son île natale après la victoire sur les Troyens. Mais, dit Homère, c'est qu'Ulysse avait blessé un des enfants de Poséidon, le cyclope Polyphème[3]. Il faut dire que Poséidon, qui eut de nombreux enfants hors mariage, engendrait souvent des monstres féroces ou de terribles géants. Témoin, le géant Chrysaor, enfanté par l'horrible

1→ Lire cet épisode du mythe d'Héraclès dans *Héros de la mythologie grecque* (Folio Junior Les universels).

2→ Homère raconte la guerre de Troie dans *L'Iliade* (disponible dans Folio Junior Les universels).

3→ Homère raconte cet épisode dans *L'Odyssée* (disponible dans Folio Junior Les universels).

Méduse, que seul Poséidon avait osé approcher. La naissance de Chrysaor fut prodigieuse : il s'échappa, armé d'une épée d'or, en même temps que le cheval Pégase, du cou de Méduse quand Persée la décapita[1].

Polyphème était, lui, le fils d'une nymphe. Mais il n'avait pas hérité de la beauté de sa mère : c'était une brute sauvage, un géant capable, durant ses colères, de projeter d'énormes rochers loin dans la mer ; il était couvert de poils comme les moutons qu'il élevait, n'avait qu'un seul œil rond au milieu du front et ne dédaignait pas de dévorer le marin qui s'égarait sur son île.

En somme, tant par ses descendants que par son caractère, Poséidon se montre un dieu aussi inquiétant que la mer, son domaine. Cependant il peut protéger marins et voyageurs. C'est pourquoi on lui bâtit des temples magnifiques, souvent sur les rivages, comme le temple qui se dresse fièrement sur le cap Sounion, non loin d'Athènes. On s'y arrête, quand on entreprend une traversée, pour tenter de se concilier le dieu par des sacrifices et, au retour, pour le remercier d'être sain et sauf.

Et n'oublions pas qu'un autre de ses bienfaits inestimables est d'avoir donné le cheval aux hommes. Il engendra lui-même deux chevaux extraordinaires : Pégase, un cheval ailé, qui sortit du cou de sa mère Méduse, quand Persée la tua. Pégase fut le cheval du héros Bellérophon et lui permit de tuer la Chimère et de combattre les Ama-

1→ Lire le mythe de Persée dans *Héros de la mythologie grecque* (Folio Junior Les universels).

zones[1]. L'autre enfant de Poséidon fut le cheval Aréion, le plus rapide de son temps. Quand Déméter cherchait sa fille Perséphone à travers le monde, Poséidon la poursuivait de son amour importun. Or Déméter ne pouvait penser qu'à sa fille perdue. Pour échapper à Poséidon, la déesse se changea en jument. Mais elle ne put tromper son soupirant qui se métamorphosa lui aussi en étalon et réussit à s'unir à elle. Quelques mois plus tard, elle accoucha de deux enfants, une fille, dont le nom est secret, et ce cheval hors du commun.

1→ Lire les mythes de Persée et de Bellérophon dans *Héros de la mythologie grecque* (Folio Junior Les universels).

L'Atlantide

Le mythe de l'Atlantide, connu de tous aujourd'hui, n'appartient pas à la mémoire collective grecque mais semble avoir été forgé par le philosophe Platon pour évoquer une cité idéale.

Entre la Libye et les colonnes d'Héraclès[1] se trouvait une île très vaste et très riche : l'Atlantide. Lorsque les dieux se partagèrent le pouvoir sur la Terre, cette île revint à Poséidon. Sur cette île vivait une jeune fille très belle du nom de Clitô. Poséidon en tomba amoureux. Il vécut avec elle au centre de cette île. Le dieu aménagea l'Atlantide de façon à obtenir une île centrale sur laquelle il fit jaillir deux sources, l'une d'eau chaude, l'autre d'eau froide, et bâtit une citadelle. Autour de cette île, alternativement, des anneaux de terre et des anneaux de mer, qui rendaient la citadelle imprenable. Il vécut là avec Clitô, qui lui donna dix fils : cinq paires de jumeaux. Plus tard, chaque fils devint roi d'une portion de l'île et le premier de tous les jumeaux vécut dans la citadelle et eut la suprématie sur tous les autres. Leurs descendants régnèrent à leur tour. L'île était très riche en forêts et plantes de toute sorte et pouvait nourrir de nombreux animaux, domestiques et sauvages. Il y avait même, en nombre important, des éléphants qui trouvaient largement à paître. Le sous-sol de l'Atlantide recelait aussi des métaux, or, argent et un métal très précieux qu'on ne trouvait nulle part ailleurs : l'orichalque. Les habitants cultivèrent les plaines, construisirent des temples, des palais, tous ornés de façon magnifique, des canaux et des ports, des ponts pour passer d'un anneau à l'autre. Ils développèrent leur marine pour commercer avec le monde entier. Leurs lois étaient excellentes et leur armée très puissante. Tant que le sang de Poséidon domina en eux, ils surent se comporter sagement. Mais, quand trop d'éléments humains s'y mêlèrent, ils se conduisirent mal et bafouèrent toutes leurs règles. Ils partirent à la conquête du monde et, il y a neuf mille ans, furent vaincus par les Athéniens. Mais Zeus ne trouva pas ce châtiment suffisant : de violents tremblements de terre et des déluges engloutirent l'île en l'espace d'un seul jour et d'une seule nuit. Et c'est ainsi que l'Atlantide s'enfonça sous la mer et qu'on n'en trouva plus aucune trace.

1→ Il s'agit du détroit de Gibraltar.

Zeus et ses amours

Zeus est le maître des dieux et des hommes. Il est le plus jeune des enfants de Cronos et de Rhéa, mais il a gagné le pouvoir en sauvant ses frères et sœurs puis en menant la guerre contre les partisans de son père. Son trône se trouve sur l'Olympe mais Zeus, comme les autres dieux, excepté Hestia, aime voyager dans ses nombreux temples. Il séjourne souvent chez les Éthiopiens, les hommes les plus pieux de la terre.

Ce n'est pas le dieu du ciel, mais toutes les manifestations célestes, pluie, tonnerre, éclairs, viennent de lui. La puissance de Zeus se manifeste par le foudre qu'il brandit aussi bien à l'encontre des hommes que des dieux désobéissants. Il peut foudroyer ses ennemis et tous ceux qui menacent l'ordre du cosmos. C'est ainsi qu'il fit périr Asclépios, le fils d'Apollon, qui s'était mis en tête de ressusciter les morts. Car le destin des hommes est immuable, même pour un dieu. Zeus doit obéir aux Moires[1], les trois déesses qui filent le destin de chacun. Ainsi, lors de la guerre de Troie, Zeus aurait bien aimé sauver la vie de son fils Sarpédon, mais un autre destin attendait ce dernier et le roi des dieux dut s'incliner.

Zeus maintient l'ordre et la justice dans le monde. Et

1→ Selon certaines légendes, les Moires (ou Parques selon le nom latin) sont les filles qu'il aurait eues avec la Titanide Thémis. Mais le plus souvent, on les considère comme des filles de la nuit, des déesses primitives, bien plus vieilles que Zeus. Voir « La création du monde », p. 11.

c'est le sens de son union avec Thémis, la déesse de la justice et des lois éternelles. Elle a souvent conseillé Zeus, en lui disant par exemple de porter comme bouclier ou peut-être, disent certains, comme cuirasse, l'égide, c'est-à-dire la peau de la chèvre Amalthée, sa nourrice. Et elle lui a conseillé d'en faire le symbole de son pouvoir. Thémis créa les oracles, les rites religieux et les lois. Elle donna à Zeus de nombreuses filles parmi lesquelles les Heures, que l'on devrait plutôt appeler les Saisons : elles sont trois, se nomment Discipline, Justice et Paix[1], et sont à la fois des divinités de la justice et de la végétation.

Avant son union avec Thémis, il avait été uni à Métis, fille d'Océan et de Téthys, dont le nom signifie « sagesse ». Elle lui avait appris comment obliger Cronos à restituer les enfants qu'il avait avalés. Elle lui donna Athéna, digne de sa mère par la sagesse, mais Zeus dut avaler Métis de peur qu'elle n'ait un second enfant qui pourrait détrôner son père. Puis Zeus épousa sa sœur Héra dont il eut du mal à dompter le caractère jaloux et emporté. Elle n'hésita pas à mener contre lui une conspiration dans laquelle elle entraîna Poséidon et Apollon. Sans l'intervention de Thétis, la Néréide, ce complot aurait bien pu réussir et priver Zeus de son pouvoir !

Mais Héra avait bien des raisons d'en vouloir à son époux. Car ses unions, tant avec des déesses que des mortelles et des nymphes, sont innombrables. Parmi les grands dieux Olympiens, la deuxième génération est celle

1→ En grec : Eunomia, Dikè et Eirénè.

des enfants de Zeus. Seuls Aphrodite et Héphaïstos ne le sont pas, bien que certaines légendes prétendent qu'il aurait eu Aphrodite de Dioné, une Titanide. Mais Aphrodite est née d'Ouranos. Quant à Héphaïstos, Héra l'aurait engendré elle-même, sans semence masculine, pour montrer à son époux son dépit devant ses aventures amoureuses. Dans ses amours, Zeus devait se cacher d'elle, et, grâce à l'aide de son complice Hermès, prenait les formes les plus variées pour rejoindre ses conquêtes : il devint satyre, serpent tacheté, flamme, berger… il prit même la forme d'une pluie d'or pour rejoindre Danaé dans sa prison[1]. Mais Héra n'était pas dupe et poursuivait longtemps de sa haine l'élue de Zeus et l'enfant qu'immanquablement celle-ci mettait au monde, neuf mois plus tard. L'enfant de Zeus qui en souffrit le plus longtemps fut Héraclès[2]. Héra tenta de le faire étouffer dans son berceau par un serpent puis l'obligea à de difficiles travaux.

Zeus devait aussi compter avec la vertu des femmes qu'il convoitait. Pour séduire Alcmène, qui deviendra la mère d'Héraclès, il se fit passer pour son mari. Il prit l'apparence d'Artémis pour séduire Callisto, qu'il abandonna ensuite d'ailleurs, sans se soucier de ce qu'elle deviendrait. Il se métamorphosa en taureau pour approcher la jeune Europe.

1→ Lire le mythe de Persée dans *Héros de la mythologie grecque* (Folio Junior Les universels).

2→ Lire le mythe d'Héraclès dans *Héros de la mythologie grecque*.

L'enlèvement d'Europe

– Hermès, viens ici, dit Zeus à son fils. J'ai une mission à te confier : vois-tu ce troupeau de jeunes taureaux qui paît sur la montagne ? Va le chercher immédiatement et amène-le sur le rivage.

C'est que Zeus avait vu, sur la plage de Tyr[1], une charmante jeune fille, la fille du roi, qui s'amusait avec ses compagnes. On la nommait Europe et Zeus en était tombé amoureux au premier regard. Il prend l'apparence d'un magnifique taureau plus blanc que neige et se mêle au troupeau. Il mugit, se pavane et dans l'herbe tendre promène sa splendeur. Rien de menaçant sur son front, rien de terrifiant dans son regard, tout en lui respire la paix.

La princesse l'admire. D'abord de loin, puis elle s'enhardit et s'approche jusqu'à le caresser. Le taureau ne réagit que par des regards doux et se couche sur le sable. Elle lui tend les fleurs qu'elle venait de cueillir et il les prend doucement, frottant sa main de son mufle humide. Les jeunes filles tressent des guirlandes de fleurs pour orner les cornes de l'animal et Europe ose même s'asseoir sur son échine. C'est ce qu'attendait le dieu. Il se lève tranquillement, comme pour une promenade. Les jeunes filles applaudissent. La princesse s'accroche à son garrot. Insensiblement il se dirige vers la mer, commence par l'effleurer de ses sabots puis soudain s'enfonce dans l'eau profonde. Europe et ses compagnes crient, appellent, mais c'est trop

1→ Tyr était une cité phénicienne, bâtie sur une île de la Méditerranée et reliée à la côte par une digue. La Phénicie correspond à peu près aujourd'hui au Liban.

tard, le dieu emporte sa proie vers la Crète où il la cache si bien qu'aucun de ses frères lancés à sa recherche ne la retrouvera jamais. Il lui fera trois fils, Minos[1], Sarpédon et Rhadamante, qui connaîtront un destin exceptionnel.

Ganymède

Le fils de Tros, le roi de Troie, était un jeune homme d'une beauté rare. Zeus le vit sur les flancs du mont Ida, qui faisait paître les troupeaux de son père.

– Quel dommage ! pensa-t-il, séduit par l'apparence de Ganymède. Un tel visage sera déparé par les rides de la vieillesse, de telles boucles de cheveux disparaîtront.

Il résolut aussitôt d'enlever le jeune prince. Il se changea en un aigle puissant qui fondit sur sa proie et la saisit dans ses serres. Ganymède fut emporté sur l'Olympe où il sert d'échanson[2] à Zeus. C'est lui qui prépare le breuvage dans la coupe de Zeus et lui verse le divin nectar, la seule boisson des dieux. Héra en est furieuse car c'était leur fille, Hébé, qui remplissait auparavant cette mission. Et, comme Tros pleurait la perte de son fils, Zeus lui fit valoir qu'auprès de lui il garderait la jeunesse éternelle. Et en compensation, il donna au roi un plant de vigne en or, ciselé par Héphaïstos, et des chevaux divins qui furent à l'origine de la réputation de Troie dans l'élevage des coursiers.

1→ Lire le mythe de Minos dans *Héros de la mythologie grecque* (Folio Junior Les universels). Minos et Rhadamante deviendront juges des Enfers.

2→ Voir la note 1, p. 17.

Égine

Pour enlever Égine, la fille du dieu fleuve Asopos, Zeus ne prit pas d'apparence particulière. Mais il se cacha si bien avec sa bien-aimée que le père d'Égine n'aurait jamais su qui avait ravi sa fille, si Sisyphe, le plus rusé des mortels, n'avait eu besoin d'une source. La citadelle de Corinthe, que Sisyphe[1] venait de faire bâtir, manquait d'eau. Comment pourrait-on s'y réfugier en cas de siège ? Il avait vu passer Zeus avec la jeune fille et négocia avec son père :

– Fais jaillir une source dans ma citadelle – ce n'est rien pour toi –, et je t'indique le nom du ravisseur de ta fille et la direction qu'ils ont prise.

Un simple coup de pied et Asopos fait jaillir une source intarissable. Et, muni d'informations, il repart à la poursuite de Zeus qui n'échappe que de justesse à sa vengeance.

Zeus punit Sisyphe et foudroya Asopos qui reprit sa forme de fleuve et regagna son lit. On peut encore y trouver des charbons, restes de la vengeance de Zeus. Le dieu emmena Égine sur une île, qui prit son nom. Et elle mit au monde un fils : Éaque. Égine vécut sur cette île avec son fils mais elle ne fut pas à l'abri de la colère d'Héra. Celle-ci envoya une peste incurable sur l'île qui fut bientôt dépeuplée. Éaque aurait aimé avoir des sujets à commander. Il pria son père de donner à l'île de nouveaux habitants :

– Ô Zeus, si tu as vraiment aimé Égine, ma mère, si tu

1→ Lire le mythe de Sisyphe dans *Héros de la mythologie grecque* (Folio Junior Les universels).

n'as pas de honte à me reconnaître pour fils, je t'en supplie, rends-moi mon peuple ou ensevelis-moi dans la tombe.

Comme Éaque était le plus pieux des hommes, Zeus l'exauça, indiquant, par un coup de tonnerre et un éclair, qu'il avait entendu. Puis Éaque vit au pied d'un chêne une longue file de fourmis qui portaient dans leurs mandibules des grains et d'autres fardeaux d'un poids démesuré. L'arbre eut un frémissement. L'armée des porteuses de grains grossit, grandit, se leva de terre, perdit sa couleur noire : les fourmis étaient devenues des hommes qui prirent le nom de Myrmidons[1]. Ils ont toujours gardé leurs mœurs d'autrefois et sont devenus des paysans sobres, courageux, durs à la tâche et prêts à se battre férocement pour défendre leur île.

Antiope

Pour approcher Antiope, la fille d'un roi de Thèbes, Zeus prit l'apparence d'un satyre. Il la poursuivit tandis qu'elle se promenait dans la campagne et la viola. Honteuse, elle abandonna sa famille et se sauva car elle craignait la colère de son père. Elle alla se réfugier auprès du roi de Sicyone qui l'accueillit volontiers. Toutefois le désespoir du père d'Antiope fut insurmontable. Il préféra ne pas survivre au départ de sa fille et se suicida. Mais en mourant, il demanda à son frère de le venger. Ce dernier, croyant en toute bonne foi que c'était le roi de Sicyone qui avait déshonoré Antiope,

1• Le mot est formé sur *murmex* qui signifie « fourmi ».

l'attaqua et le tua. Il ramena Antiope prisonnière à Thèbes et, sur le chemin du retour, la pauvre jeune femme accoucha de jumeaux. Son oncle décida de les exposer dans la montagne car on ne pouvait accepter dans la famille des enfants illégitimes.

Mais Zeus devait veiller sur sa progéniture car les bébés furent recueillis par un berger qui les nomma Amphion et Zéthos. Les deux enfants grandirent dans la montagne, sans connaître leurs origines. Amphion aimait s'adonner aux travaux des champs et à la lutte tandis que Zéthos, plus calme et plus doux, préférait jouer de la lyre dont Hermès lui avait fait cadeau. Les deux enfants se disputaient souvent, mais Zéthos laissait son frère le dominer. Cependant Antiope n'était pas heureuse. Son oncle et sa tante se plaisaient à la tourmenter et à l'humilier. Elle était traitée comme une esclave par sa tante qui jalousait sa beauté. Elle était même tenue attachée. Une nuit, alors qu'elle pleurait sans pouvoir s'endormir dans le coin qui lui servait de chambre, ses liens se détachèrent d'eux-mêmes ; Zeus s'était sans doute souvenu d'elle !

Antiope s'enfuit et, hasard extraordinaire, se réfugia dans la cabane où vivaient ses fils. Mais ils ne la reconnurent pas, refusèrent de l'aider et, même, la livrèrent à sa tante qui la faisait rechercher. Le berger qui avait recueilli les jumeaux ne pouvait laisser faire une telle impiété !

– Malheureux ! Qu'avez-vous fait ? Cette femme que vous avez livrée à ses bourreaux, c'est votre propre mère.

Désespérés d'avoir commis un tel sacrilège, les jeunes gens se précipitèrent pour réparer leur faute. Ils atteignirent

Thèbes, et, pour entrer dans la ville enfermée dans ses remparts, mirent au point une tactique subtile : Zéthos chantait en jouant de la lyre devant les murailles. Il avait de tels dons que la population tout entière fut attirée auprès de lui. Cependant, de l'autre côté de la ville, Amphion entassait rocher sur rocher pour escalader le rempart. Une fois à l'intérieur, ce fut pour lui un jeu d'enfant de se débarrasser de son grand-oncle. Quant à sa femme, si cruelle envers Antiope, il l'attacha, vivante, aux cornes d'un taureau qui la traîna et la déchira sur les rochers.

Mais les malheurs d'Antiope n'étaient pas terminés. Sa tante était prêtresse de Dionysos et ce dieu, irrité de sa mort, frappa Antiope de folie. Elle erra longtemps à travers la Grèce, jusqu'à ce qu'elle rencontre le héros Phocos qui la guérit et l'épousa. Elle put enfin mener une vie paisible.

Léda

Le sort de Léda ne fut pas aussi funeste que celui d'Antiope ! Elle était descendante d'Éole, le maître des vents, et avait épousé le roi de Sparte, Tyndare, et comme toutes les amantes de Zeus, était d'une étonnante beauté. Pour l'approcher, le dieu choisit un moment où elle se reposait dans une prairie, loin de ses dames de compagnie. Il se fit passer pour un cygne poursuivi par un aigle. Comme épuisé, il se laissa tomber dans les plis de sa longue robe. Elle crut le protéger et de fait, l'aigle s'enfuit. Elle caressa le pauvre oiseau, s'émerveillant de son plumage de neige et lui prodiguant de douces paroles. En retour, le cygne frotte son bec contre les doux bras de Léda et pose sa tête sur son sein. Puis il s'envole, abandonnant quelques plumes...

Le soir, Léda rentre au palais et passe la nuit auprès de son époux. Quelques mois plus tard, la reine pond deux œufs. Dans chacun, un couple de bébés, un garçon et une fille. Du premier œuf naîtront les deux enfants conçus par Zeus : Pollux et Hélène, de l'autre sortiront les enfants de Tyndare : Castor et Clytemnestre. Les deux premiers, immortels comme leur père, les seconds mortels.

Hélène devint la plus belle femme du monde, convoitée par de nombreux princes grecs, au point que son père, pour éviter les guerres, laissa sa fille choisir elle-même son mari. Mais comme il était habile diplomate, il fit d'abord jurer aux prétendants, par les serments les plus sacrés, qu'ils accepteraient le choix d'Hélène et, mieux, prêteraient assistance à son mari pour la protéger. Hélène choisit le fils d'Atrée, Ménélas qui, après ce mariage, devint roi de Sparte. Aphrodite vint semer le trouble dans cette union en offrant à Pâris, prince de Troie, l'amour d'Hélène ; ce qui fut la cause de la guerre de Troie[1]. Clytemnestre épousa Agamemnon, le frère de Ménélas, qui mena l'expédition contre Troie avec, sous ses ordres, tous les princes qui avaient prêté serment à Ménélas, selon le vœu de son beau-père.

Les deux garçons, qu'on nommait les Dioscures, ne se quittaient jamais. Ces deux héros participèrent à de nombreuses expéditions, comme la quête de la Toison d'or aux

1→ Le récit de la guerre de Troie est fait par Homère dans *L'Iliade* (disponible dans Folio Junior Les universels).

côtés de Jason[1], et accomplirent de nombreux exploits. Mais ils sont restés célèbres par leur amour fraternel : lors d'une noce, Castor fut tué dans une rixe et descendit aux Enfers. Mais Pollux refusa son immortalité. Il ne voulait pas quitter son frère bien-aimé ! Il supplia Zeus :

– À quoi me sert de survivre indéfiniment si mon cher Castor n'est pas près de moi ? Père, vous qui pouvez tout, je vous en supplie ! Donnez la vie éternelle à mon frère.

Mais il est impossible, même pour Zeus, d'aller à l'encontre du destin filé par les Moires. Il est obligé de refuser cette grâce à son fils.

– Alors je préfère mourir !

Mais cela aussi est impossible. Que faire ? Enfin Zeus trouve un compromis : Castor et Pollux resteront ensemble un jour sur deux aux Enfers, puis l'autre auprès des dieux. Ainsi ils ne se quitteront jamais. Cette alternance dura jusqu'à ce que les Moires acceptent que les deux frères deviennent des étoiles : les Gémeaux.

Zeus a donc connu beaucoup de femmes et ses unions ont été très fécondes. Cela peut paraître très immoral et c'est ainsi que l'a ressenti son épouse légitime, Héra. Mais grâce à lui, l'univers s'est peuplé de dieux à son image et de héros qui ont eu pour fonction de débarrasser la terre de tous les monstres qu'avait tout d'abord enfantés Gaïa, dans le désordre de la création primitive, et de les remplacer par des créatures plus raisonnables, créant un monde plus humain.

1→ Lire le mythe de Jason dans *Héros de la mythologie grecque* (Folio Junior Les universels).

La descendance de Zeus

Les enfants que Zeus eut avec des mortelles ou des nymphes furent des dieux parfois, comme Hermès et Dionysos. Ou bien ils devinrent immortels après leur mort comme Héraclès. Le cas de Pollux est particulier car il était immortel mais voulut partager le sort de son jumeau mortel, Castor. Les autres furent des héros. Le sens premier du mot héros est fils d'une divinité, demi-dieu. Les héros ont pour rôle de débarrasser le monde des brigands et des monstres engendrés par Gaïa, la Terre. Certains héros donnèrent leur nom à des peuples ou des villes. Ainsi Dardanos, Lacédémon, Argos. On peut remarquer que Zeus engendre surtout des garçons.

Avec la déesse	**Zeus engendra :**
Métis	Athéna
Thémis	Les Heures
Eurynomé[1]	Les Grâces
Héra	Arès, Hébé, Ilithye
Déméter	Perséphone
Mnémosyne	Les Muses
Léto	Artémis et Apollon

1→ Eurynomé est une fille du Titan Océan et de sa sœur Téthys.

Avec des femmes ou des nymphes

Maïa	Hermès
Sémélé	Dionysos
Alcmène	Héraclès
Léda	Hélène et Pollux
Europe	Minos, Sarpédon, Rhadamante
Égine	Éaque
Danaé	Persée
Plouto	Tantale
Niobé[1]	Argos, Pélasgos
Antiope	Amphion et Zéthos
Callisto	Arcas
Électre[2]	Dardanos
Io	Épaphos
Laodamie	Sarpédon
Taygète	Lacédémon
Calycé	Endymion

Et d'autres…

1→ Il ne s'agit pas de la fille de Tantale évoquée dans *Héros de la mythologie grecque* (Folio Junior Les universels), mais d'une autre Niobé, fille du premier homme.

2→ Il ne s'agit pas de la fille d'Agamemnon mais de l'une des Pléiades.

LA SECONDE GÉNÉRATION

Athéna

Si Athéna est la déesse de la sagesse, elle le doit à sa mère, Métis[1]. Métis, plus savante qu'aucun autre dieu, et dont les bons conseils permirent à Zeus d'arracher ses frères et sœurs à l'estomac de Cronos, devint la première amante du roi des dieux. Quand elle fut enceinte, Zeus se réjouit. Mais Ouranos et Gaïa l'avertirent :

– Le destin de Métis est d'avoir des enfants d'une grande sagesse. Cependant prends garde ! Elle va accoucher d'une fille maintenant, mais elle aura ensuite un fils au cœur violent, qui saura te dérober le pouvoir.

Que faire ? Zeus est rusé, lui aussi. Il attire Métis sur sa couche, par des paroles caressantes, tend les lèvres pour l'embrasser, ouvre la bouche… et l'avale. Il l'engloutit dans ses entrailles avec l'enfant qu'elle porte. C'est une bonne opération d'ailleurs, car avoir dévoré Métis permet à Zeus de connaître l'avenir, le bon et le mauvais.

Quelques mois plus tard, le dieu se promenait en Libye, au bord du lac Tritonis. Il commença à souffrir d'une violente migraine. Il tenta de l'ignorer mais le mal amplifia, si bien que Zeus poussait des cris violents. Il appela Héphaïstos :

1• Le nom de Métis signifie « sagesse » ou « ruse ». Voir p. 17.

– Je souffre trop. Prends tes outils et viens me percer le crâne.

Héphaïstos, l'habile artisan, prit une hache et fendit le crâne du roi des dieux. Aussitôt, il sortit de la divine tête une fille armée et casquée, qui, au lieu de faire entendre le faible vagissement d'un nouveau-né, poussa d'emblée un puissant cri de guerre.

En effet Athéna est une guerrière. Elle est armée d'une lance et porte l'égide[1]. Elle est pour beaucoup dans la victoire de Zeus contre les géants[2], toujours au combat, ne ménageant pas ses efforts. Elle s'est aussi dépensée dans la guerre de Troie ; elle avait pris le parti des Grecs, blessée dans son orgueil que Pâris ait préféré à sa majestueuse beauté la sensualité d'Aphrodite. Elle apporta son aide aux héros grecs Achille, Ménélas, Diomède et Ulysse.

À la différence d'Arès, son frère détesté, Athéna n'aime pas la force brutale : c'est une infatigable meneuse d'armée, elle se plaît aux clameurs du combat mais elle présente une bravoure calme et réfléchie, celle qui apporte la victoire. C'est pourquoi les mortels la surnomment Athéna Nikè, c'est-à-dire Athéna « qui apporte la victoire ». Elle perfectionne l'art de la guerre : ainsi est-ce elle qui invente le char de combat. Mais elle préfère éviter les conflits, si elle peut utiliser d'autres moyens comme la ruse

1→ Le mot *égide* signifie « peau de chèvre ». À la mort de la chèvre Amalthée, sa nourrice, Zeus fit de sa peau un bouclier que porte Athéna.
2→ Voir « La révolte des géants », p. 36.

ou la négociation. Quand elle étend sa protection sur un guerrier, c'est qu'il est intelligent et capable de réfléchir, comme cet Ulysse aux mille ruses qu'elle protégea durant son long périple de retour[1].

Mais la déesse ne s'intéresse pas qu'à la guerre. Elle préside aux arts et aux techniques. On ne compte plus ses inventions : la flûte double, qui causa la perte du satyre Marsyas, la trompette, la poterie, la charrue, le râteau, le joug pour atteler les bœufs, le quadrige[2], le navire – elle a d'ailleurs surveillé la construction du navire *Argo* dans lequel Jason partit conquérir la Toison d'or[3]... On voit que ses inventions s'étendent à tous les domaines de l'activité humaine, artistique, artisanale, agricole. Les hommes n'ont qu'à se louer d'elle. Et ses talents touchent aussi aux arts de l'esprit : c'est elle qui enseigna aux hommes l'art des nombres. Elle s'intéresse aux arts et à la littérature, et la Muse Calliope lui dit un jour :

– Si tu n'avais pas de plus grandes tâches à accomplir, tu devrais être parmi nous et tu mérites même d'être à notre tête.

Les mortels ont beaucoup de respect pour elle ; ils lui demandent souvent d'assurer la protection de leurs villes. On lui a bâti des temples partout : à Sparte, Mégare, Argos et tant d'autres villes. Mais sa cité de prédilection est

1→ L'histoire d'Ulysse, que les Grecs nomment Odysseus, est racontée par Homère dans *L'Odyssée* (disponible dans Folio Junior Les universels).

2→ Le quadrige est un char tiré par quatre chevaux de front.

3→ Lire le mythe de Jason dans *Héros de la mythologie grecque* (Folio Junior Les universels).

Athènes qui tire son nom de celui de la déesse. Selon les Athéniens, Athéna a conquis de haute lutte leur reconnaissance en leur donnant l'olivier[1], cet arbre de prospérité. Elle leur a également appris à veiller sur lui et à fabriquer l'huile d'olive, la base de leur nourriture quand ils l'associent au pain, fait des épis de Déméter. Depuis l'origine de la ville, il y eut toujours un grand temple pour accueillir la déesse. Si par malheur il était détruit par la guerre, on en rebâtissait aussitôt un autre plus magnifique. Le dernier construit est orné de deux grandes statues, une de bronze et l'autre d'ivoire et d'or, qu'on fit fabriquer par le plus extraordinaire des sculpteurs : Phidias[2].

Érichtonios

Si les Athéniens doivent à Athéna leur premier roi, sa naissance eut lieu contre le gré de la déesse. Héphaïstos, qui n'était pas très heureux dans son union avec Aphrodite, s'éprit de la majestueuse Athéna. Pour se moquer de lui, Poséidon lui fit croire que la déesse répondait à son amour. Rien de moins vrai ! Athéna est chaste et entend rester vierge. Ne l'appelle-t-on pas aussi Pallas, c'est-à-dire « la jeune fille » ? Un jour où la déesse avait besoin d'armes, elle descendit dans la forge sous l'Etna pour qu'Héphaïstos lui en fabrique de neuves.

Le dieu crut que c'était un prétexte pour le voir et, la

1→ Voir « Poséidon », p. 73.

2→ Phidias est un sculpteur athénien du ve siècle avant notre ère, le plus célèbre de son temps. Nous ne connaissons ses statues colossales que par des descriptions antiques, mais la décoration des frises du Parthénon conservées au British Museum, au Louvre et au musée d'Athènes témoigne de son art.

serrant dans ses bras, il lui déclara son amour. Athéna se débattit, réussit à le repousser mais, fou de désir, le dieu avait répandu sa semence sur la jambe de la déesse. Écœurée, elle s'essuya avec le premier tissu de laine qu'elle trouva. Elle le jeta par terre puis s'enfuit pour se purifier. Gaïa, la Terre, devint grosse de cette semence et accoucha d'un garçon pourvu d'une queue de serpent. Mais elle était tellement offusquée de la conduite d'Héphaïstos qu'elle refusa d'élever le bébé.

Cet enfant serait mort si Athéna ne l'avait pas pris en pitié. Après tout, il était innocent ! Elle l'enferma dans une corbeille en osier tressé, sous la garde de deux serpents, et confia cette corbeille à trois princesses en leur interdisant de l'ouvrir. Bien entendu, les sœurs ne purent résister à la curiosité et, à la vue des serpents, poussèrent des hurlements de terreur. Ces cris éveillèrent l'enfant qui rampa hors de son berceau pour aller se cacher. À ce spectacle, les sœurs devinrent folles de peur et se jetèrent du haut des remparts de l'Acropole. Athéna éleva donc elle-même dans l'enceinte de son temple l'enfant, qu'elle nomma Érichtonios[1], et, quand il fut adulte, il reçut le pouvoir. Il fut le fondateur de la lignée du héros Thésée. Ce fut un roi ingénieux, auteur de nombreuses inventions. C'est lui qui fit connaître aux Athéniens l'usage de l'argent.

Il fonda les grandes fêtes d'Athéna : les Panathénées, qui, chaque année, duraient deux jours mais étaient célébrées

1➞ La première partie de son nom vient du mot *erion*, « laine », et la seconde, *chtôn*, signifie « sol ». Ce nom rappelle son origine.

tous les quatre ans avec encore plus de solennité. On y voyait des concours dont les gagnants recevaient une amphore d'huile des oliviers sacrés[1] d'Athéna. Puis une grande procession montait du quartier du Céramique jusqu'à l'Acropole. Des jeunes filles choisies portaient à la déesse un péplos[2] couleur safran qu'elles avaient tissé et brodé pendant l'année. On en habillait la statue de la déesse. Toute la cité suivait le cortège et l'on faisait un grand sacrifice suffisant pour nourrir la ville entière : l'hécatombe.

Arachné

Comme Héphaïstos protège les artisans, Athéna veille sur les activités féminines. Elle est la patronne de celles qui cuisinent, qui filent, tissent et brodent. Elle-même excelle dans ces travaux mais n'aime pas qu'on ose se mesurer à elle. Or la fille d'un simple teinturier, Arachné, avait conquis une grande renommée dans l'art du tissage. Souvent les nymphes descendaient de la montagne pour admirer son merveilleux travail. Elle filait elle-même la laine duveteuse que son père teignait alors puis elle tissait des étoffes aux motifs variés, aux couleurs vives et parfois brodait par-dessus à l'aiguille. C'était si beau que, prétendaient les nymphes, elle devait avoir pris des leçons d'Athéna. Mais ces compliments n'étaient pas du goût de la jeune fille :

1→ On consacrait aux dieux des bois, des plantations d'arbres que personne ne pouvait couper ou dont personne ne devait cueillir les fruits, sous peine de mort, excepté les prêtres et seulement dans des conditions très particulières.
2→ Un péplos est un vêtement, en général un manteau.

– Des leçons d'Athéna ? Mais qu'elle vienne donc se mesurer à moi ! Je suis sûre que je vaux mieux qu'elle.

Se mesurer à elle ? Quelle *hybris*[1] ! Cela méritait un châtiment ; mais Athéna n'est jamais brutale. Elle décida donc de commencer par donner un avertissement à Arachné. Elle prit l'apparence d'une vieille femme aux cheveux blancs ; un bâton soutenait ses pas. Elle s'approcha de la jeune fille et lui tint ces propos :

– Crois l'expérience de l'âge et ne dédaigne pas mon conseil. Tu peux prétendre être, parmi les mortels, la meilleure pour le travail de la laine. Mais incline-toi devant la déesse et demande-lui humblement pardon pour tes propos insolents. Ce pardon, elle te l'accordera.

– Pauvre vieille folle ! répondit farouchement Arachné. Garde tes conseils pour tes filles ; moi, je n'ai besoin de personne pour me dicter ma conduite. Ma résolution reste la même. Et pourquoi la déesse ne vient-elle pas en personne se mesurer à moi ?

Alors la déesse abandonna son aspect de vieille femme et apparut dans toute sa majesté. Arachné aurait dû mourir de terreur. Cependant c'est à peine si elle rougit. Elle s'entête dans son dessein et son désir de remporter la victoire. La fille de Zeus relève le défi et, sans perdre un instant, chacune s'installe devant un métier à tisser. Leurs doigts agiles travaillent vite ; elles ne sentent pas la fatigue. Dans leurs ouvrages se mêlent toutes les couleurs de l'arc-en-ciel, elles ne ménagent pas la pourpre et les fils d'or.

1. Voir note 2, p. 67.

Chacune évoque des scènes antiques. La déesse représente l'Acropole d'Athènes et l'Aréopage sur lequel un débat l'opposa à Poséidon pour la possession de la ville. Les dieux de l'Olympe sont assis près d'eux et on les reconnaît à leurs attributs. Poséidon frappe le sol de son trident pour faire jaillir une source d'eau salée et Athéna, de sa lance, fait sortir de terre un jeune olivier. Des branches d'olivier encadrent ce tableau. À titre d'avertissement, elle figure, aux quatre coins de la toile, des compétitions entre les dieux et les hommes; compétitions qui tournèrent toutes à la déroute des mortels!

Arachné, elle, avec provocation, représente toutes les scènes, où, sous une apparence trompeuse, Zeus et d'autres dieux ont abusé des mortelles: pluie d'or, cygne, grappe de raisin, taureau, dauphin, les subterfuges ne manquent pas... Le bord de sa toile est décoré d'une frise de feuilles de lierre entrelacées de fleurs. À cet ouvrage, ni Athéna ni l'Envie elle-même ne pourraient trouver à redire. Les deux étoffes sont aussi belles l'une que l'autre. Aucune des deux tisserandes ne peut être déclarée victorieuse. La déesse en est si dépitée qu'elle déchire la toile d'Arachné. Et de sa navette[1] de bois, elle la frappe au front.

La malheureuse Arachné ne peut supporter l'humiliation. Elle s'attache autour de la gorge un lacet et se pend. Mais la déesse ne lui permet pas de mourir:

– Tu ne mourras pas, insolente, mais tu resteras pendue,

1→ La navette est un instrument plat et pointu qui permet d'entrecroiser les fils de trame et de chaîne sur un métier à tisser.

toi et ta descendance. Et puisque tu aimes tisser, tu tisseras… et tes filles après toi !

La déesse lui verse sur les cheveux un poison qu'elle avait emprunté à Hécate et la jeune fille se transforme aussitôt en araignée. Et comme jadis, elle tisse sa toile.

Héphaïstos

Quand Héra mit au monde le petit Héphaïstos, qu'elle avait conçu seule, pour manifester à Zeus sa désapprobation face à ses frasques amoureuses, elle ne s'attendait pas à mettre au monde un bébé si chétif et si laid. Elle décida donc de se débarrasser du nourrisson et sans s'inquiéter davantage de ce qu'il pourrait devenir, le jeta du haut de l'Olympe. Le pauvre petit dieu tomba, tomba, mais heureusement c'est l'océan qui accueillit son corps et atténua le choc. Il fut recueilli par des déesses marines. Thétis, la fille du vieillard de la mer, le dieu Nérée, s'occupa particulièrement de lui. Elle l'éleva pendant neuf ans, dans une profonde grotte marine et, très vite, le jeune dieu montra des talents extraordinaires. Il avait installé une forge au fond d'une grotte dans laquelle il aimait fabriquer des bijoux d'or dont il ornait ses bienfaitrices. La mer resplendissait de tous les joyaux qu'il créait.

Un jour, Thétis monta sur l'Olympe pour un banquet, et elle s'était parée d'un collier, de boucles d'oreilles et de bracelets qui éclipsaient les ornements de toutes les autres déesses.

Héra voulut absolument savoir d'où venaient ces splendeurs. Thétis tenta bien de dissimuler leur origine, mais on ne peut rien cacher à l'épouse du grand Zeus et elle dut dévoiler la présence chez elle du dieu Héphaïstos. L'attrait de tous ces magnifiques bijoux permet à Héra de surmonter son aversion pour son fils et elle accepta qu'il regagne l'Olympe. Mais, dit-on parfois, pour se venger des anciens mépris de sa mère, il lui fabriqua un trône d'or ciselé, digne de sa magnificence. Ravie, elle s'y assit, mais il était habilement conçu pour la retenir prisonnière. Elle ne put le quitter qu'avec sa permission.

Héphaïstos est un dieu du Feu. Quand il doit se battre, à la guerre de Troie ou contre les géants, il provoque des incendies ou projette sur ses adversaires du métal incandescent. Il règne sur les volcans dans lesquels se tiennent ses ateliers. Il aime particulièrement sa forge sous l'Etna, en Sicile, où il s'active, torse nu, près des brasiers, aidé de trois cyclopes. On n'entend que les coups de marteau sur les enclumes, les soufflets de peau de taureau qui attisent les flammes et les grognements des cyclopes à l'ouvrage. Le bronze et l'or en fusion coulent dans des rigoles, le fer fond dans des brasiers qui dégagent une chaleur insoutenable. L'un façonne le foudre du grand Zeus, l'autre fabrique une armature à l'égide[1] qui protégera Athéna. Le troisième assemble les roues d'un char destiné au dieu de la guerre tandis que le dieu lui-même invente un robot de fer destiné à protéger la Crète des envahisseurs[2].

Car c'est à Héphaïstos que chacun demande l'invention ou les armes dont il a besoin : il a fabriqué des tables avec des roues en or, qui se déplacent seules dans l'Olympe, il a

1• L'égide est une peau de chèvre sur laquelle Athéna avait fait fixer la tête de Méduse dont la seule vue pétrifiait les ennemis. Voir les aventures du héros Persée dans *Héros de la mythologie grecque* (Folio Junior Les universels).

2• Lire le mythe de Minos dans *Héros de la mythologie grecque* (Folio Junior Les universels).

réalisé la chambre de Zeus et d'Héra, fermée par des portes de bronze très solides; c'est lui qui forge les armes d'Héraclès et c'est à lui que Thétis réclame des armes magnifiques pour son fils Achille. Et l'illustre artisan n'a rien à refuser à sa bienfaitrice:

– Je vais tout de suite me mettre à l'ouvrage. Je n'oublie pas, Thétis, que tu m'as sauvé quand ma chienne de mère m'a lancé du haut de l'Olympe pour cacher mes difformités.

Il est vrai que le dieu est d'une incroyable laideur. Ses jambes, qui contrastent avec son torse, ses épaules et ses bras musclés par l'usage du marteau, sont si grêles qu'il a besoin pour se déplacer de l'aide de deux jeunes filles. Elles ont l'air vivantes mais ce sont des automates en or qu'il a fabriquées pour le servir. Un visage hideux surmonte son puissant cou de taureau. Sa poitrine velue est toujours luisante de sueur dans ses forges. Pour ajouter au tableau, il est boiteux. En effet, après la conjuration menée par Héra contre son époux, Zeus l'avait suspendue dans le ciel. Héphaïstos avait tenté, peut-être pour attirer l'amour de sa mère, de la détacher. Agacé, le roi des dieux l'avait pris par le pied et l'avait lancé du haut du ciel mais, cette fois, Héphaïstos, après une chute d'une journée entière, s'était écrasé sur l'île de Lemnos. Tout dieu qu'il était, il ne lui restait qu'un souffle de vie et seule l'intervention rapide des habitants de l'île avait réussi à le sauver.

Cependant, tout laid qu'il fût, et avec son mauvais caractère, Héphaïstos fut aimé des plus belles femmes, nymphes ou déesses et ses enfants furent tous d'habiles artisans. Charis, la Grâce, fut sa compagne. Et il fut même uni par Zeus à Aphrodite, la plus belle des déesses. Mais celle-ci n'aime pas son mari. Elle lui préfère Arès, le dieu de la guerre, d'une grande beauté. Dès qu'Héphaïstos la quitte pour ses forges souterraines ou pour son temple de Lemnos, elle retrouve son amant. Mais il est un dieu auquel rien n'échappe, c'est Hélios, le dieu soleil, qui parcourt le ciel sur son char. Il aperçoit les tendres embrassements des deux amants et prévient aussitôt le mari. La rage au cœur, Héphaïstos rumine sa vengeance :

– La chienne ! Elle se moque bien de moi. Oui, je suis boiteux et lui, il a les jambes droites ; il est beau ! Mais est-ce une raison pour m'humilier ainsi ? Ah ! Ils ne se riront pas longtemps de moi.

Dans son atelier, le dieu prend ses outils les plus fins dans un coffret d'argent et se met à forger un filet d'or que rien ne pourra briser. Mais les mailles sont si fines – on dirait une toile d'araignée – que l'ouvrage est invisible, même pour le regard aiguisé d'un dieu. En grand secret, il place le filet au-dessus du lit où il dort avec son épouse puis annonce son prochain départ pour Lemnos. Quand Arès, qui le guettait, le voit partir sur son char, il accourt auprès de la belle Aphrodite et, sans pudeur, ils se retrouvent dans la chambre d'Héphaïstos. À peine montent-ils dans le lit que le filet tombe et qu'ils sont pris au piège. Et Hélios veille ! Il prévient Héphaïstos qui tourne bride aussitôt et appelle tous les dieux de l'Olympe :

– Venez tous contempler un spectacle scandaleux ! Ah ! On se moque de moi. Alors rira bien qui rira le dernier !

Par pudeur les déesses restent chez elles, mais les dieux arrivent, assez contents que l'orgueilleux Arès soit ainsi ridiculisé. Et puis le spectacle de la belle Aphrodite nue n'est pas pour leur déplaire. Hermès chuchote même à Apollon qu'il accepterait bien de se donner ainsi en spectacle pour le plaisir de dormir dans les bras d'une si belle déesse. Et les dieux partent tous d'un énorme éclat de rire.

Les deux amants ne furent libérés que quand Arès accepta de payer une compensation à Héphaïstos, compensation garantie par Poséidon lui-même car Héphaïstos n'avait pas confiance. Aphrodite s'enfuit à Chypre en maudissant Hélios et ses descendants. Arès, lui, retourna en Thrace, et Héphaïstos à ses forges souterraines et aux servantes d'or qui, au moins, lui étaient fidèles.

Artémis

La naissance des jumeaux

La belle Léto aux voiles d'azur, si douce aux yeux des dieux et des hommes, ne pouvait laisser Zeus indifférent. Oh, elle était digne de lui ! Comme lui fille de Titans, petite-fille de Gaïa et d'Ouranos. Ce qui devait arriver arriva et Léto fut enceinte des œuvres de Zeus. Mais conséquence inévitable : Héra qui surveillait son époux de fort près découvrit la grossesse de sa rivale et interdit à tous les pays de la Terre de lui donner asile pour son accouchement. La malheureuse Léto errait donc sans fin sur terre, de plus en plus épuisée par sa grossesse. Elle prit même, dit-on dans certains pays, l'apparence d'une louve pour échapper à la colère d'Héra, mais en vain.

Enfin arriva le salut : une petite île errant sur la mer, sans habitants, sans même un nom, un simple rocher en réalité, qui n'avait donc rien à craindre de la colère d'Héra, accepta de recevoir Léto. La déesse put alors s'installer auprès du seul arbre de l'île, un palmier, pour mettre au monde des jumeaux. Mais l'accouchement ne fut pas facile. Toutes les déesses étaient venues pour l'assister. Toutes, sauf Héra, bien entendu, et sa fille Ilithye, qui servait fidèlement les colères de sa mère. Or sans Ilithye qui préside aux naissances, rien n'était possible. Et les douleurs de Léto duraient, duraient ! Pendant neuf jours et neuf nuits, la pauvre déesse se tordit de douleur.

Il fallait faire quelque chose car Héra se montrait intraitable : pas question d'envoyer sa fille. Iris, la messagère des dieux, partit donc trouver directement Ilithye :

– Tu dois venir, par pitié ! On ne peut laisser la malheureuse Léto souffrir sans fin.

– Non.

– Par pitié !

– Non. Elle ne mérite pas mieux, cette intrigante qui a enjôlé mon père.

Iris garda pour elle ce qu'elle pensait de la fidélité de Zeus et tenta une autre approche :

– Toutes les déesses sont d'accord, nous serions prêtes à t'offrir un présent pour te remercier.

– Un présent ? Quoi par exemple ?

– Un bijou…

Ilithye ne répondit pas mais son regard s'alluma. Iris poursuivit :

– Un bijou d'or, forgé par Héphaïstos… Un collier peut-être…

Et c'est ainsi qu'après de longues négociations, Ilithye se laissa convaincre en échange d'un collier d'or et d'ambre long de neuf coudées[1]. Elle descendit de l'Olympe : Léto allait être délivrée.

Elle commença par accoucher d'une fille, qu'on appela Artémis. Dès sa naissance, la petite déesse aida sa mère à mettre au monde son frère jumeau : Apollon. La première action du dieu fut de récompenser l'île qui avait offert un refuge à sa mère. Elle fut désormais fixée au fond de la mer

1→ Neuf coudées correspondent environ à quatre mètres.

par quatre piliers et reçut le nom de Délos : « la brillante ». Plus tard, quand les hommes vinrent l'habiter, ils rendirent hommage à Apollon en lui bâtissant un temple, célèbre dans toute la Grèce. Et les marins qui passaient près de l'île ne manquaient pas de s'y arrêter pour honorer le dieu.

Léto fut aussi douce et bonne pour ses enfants qu'elle l'était pour les dieux et les hommes. Et les jumeaux lui montrèrent un amour passionné au point de détruire tous ceux qui manquaient de respect à leur mère. C'est ainsi qu'encore jeunes ils tuèrent le géant Tityos qu'Héra, dont la rancune était tenace, avait envoyé vers sa rivale. Le géant poursuivait Léto pour tenter de la violer quand les deux enfants se précipitèrent au secours de leur mère, le frappèrent d'une grêle de flèches et le tuèrent. Son corps, tombé à terre, couvrait neuf arpents. Tityos fut enfermé au Tartare et Zeus exigea comme châtiment que, pour l'éternité, deux serpents dévorent ses entrailles, sans cesse renaissantes.

Sans pitié, les jumeaux punirent l'*hybris*[1] de Niobé : cette reine avait exigé que les femmes de son peuple délaissent le culte de Léto pour l'honorer, elle, sous prétexte qu'elle avait eu plus d'enfants, « et des enfants légitimes », se vantait-elle. Ils tuèrent de leurs flèches tous les enfants de Niobé : Apollon, les fils, et Artémis, les filles[2].

À long terme, la colère d'Héra s'estompa, peut-être accaparée par une nouvelle infidélité de Zeus, et Léto put

1→ Voir note 2, p. 67.
2→ Lire le mythe de Niobé dans *Héros de la mythologie grecque* (Folio Junior Les universels).

jouir de la sérénité des dieux, entourée de la tendresse que tous lui portaient et que Zeus lui avait conservée.

Artémis

Petite fille de trois ans, Artémis était assise sur les genoux de Zeus. Elle leva sa menotte pour lui toucher le menton et la main se perdit dans la barbe de son père. Le dieu lui dit en riant :

– Quelle faveur me demandes-tu ?

– Je voudrais un arc et des flèches.

C'était une demande étonnante de la part d'une petite fille, mais Zeus ordonna à Héphaïstos de fabriquer un arc d'or, des flèches et un carquois pour la déesse. Et l'on vit alors Artémis courir les forêts, vêtue comme un jeune garçon d'une courte tunique lui découvrant les genoux, teinte en jaune safran et bordée de rouge. Même devenue une grande et belle jeune femme, la déesse ne se plaît qu'à la chasse. Le dieu Pan lui a donné six chiens de chasse et sept lévriers de Sparte, et elle passe ses jours à traquer les cerfs, les biches et les sangliers dans les monts du Taygète ou sur l'Érymanthe. Elle se plaît dans les pays montagneux, sauvages de la Grèce. C'est pourquoi les hommes l'associent souvent à la lune qui erre sur les montagnes.

Actéon

Quand elle a bien chassé, elle aime à se reposer sous l'ombre rafraîchissante des arbres ou à se baigner dans les sources pures. Mais malheur au mortel qui passerait par là et qui assisterait au spectacle ! Témoin, le triste destin d'Actéon.

Il est midi. Actéon et ses compagnons ont chassé depuis

l'aube et le gibier est abondant. Ils décident d'arrêter là leur chasse et de rentrer. Le jeune homme s'éloigne, seul, pour se laver du sang qui le couvre et se dirige vers une source cachée dans une caverne. Dans les rochers, l'eau a creusé un bassin entouré de mousses, où il souhaite se délasser à l'ombre des ramures frémissantes, enveloppé par le chant des oiseaux.

Mais quand il arrive à ce refuge, il est surpris d'entendre des rires de femmes. Pour son malheur, il s'approche ! Un spectacle charmant s'offre à lui : ruisselantes d'eau vive, de ravissantes nymphes nues s'ébattent dans l'eau, s'aspergeant en riant ; et, ce qui paraît impossible à Actéon, tant elles lui semblent toutes parfaites, elles entourent une jeune fille superbe, qui les domine par la taille et la beauté. C'est Artémis, qui a choisi ce refuge pour son bain. Elle a ôté sa tunique, délacé ses sandales, une de ses compagnes lui a relevé les cheveux et elle joue dans le bassin, éclaboussée d'eau et de soleil.

À la vue du jeune homme, effrayées, les nymphes font un rempart de leur corps à la déesse et tentent de cacher sa nudité. Artémis rougit d'avoir été ainsi surprise sans voile. Elle cherche son arc et ses flèches pour transpercer le curieux mais ils sont hors de portée. Alors elle prend de l'eau dans ses mains en coupe et la jette au visage du jeune homme, pétrifié de surprise, et elle prononce ces paroles :

– Et maintenant libre à toi d'aller raconter partout que tu as vu la déesse Artémis sans voile !

Quand Actéon veut s'excuser de son intrusion, la voix

lui manque. Sous le choc, il baisse la tête et surprend son reflet dans l'eau : Artémis l'a transformé en cerf. Il s'enfuit, affolé, et court en tous sens dans la forêt, étonné de se sentir si rapide. Que faire ? Retourner dans sa demeure ? La honte le lui interdit. Et la crainte l'empêche de s'enfuir au plus profond des bois. Mais ses chiens l'ont repéré. Il reste indécis, il brame, c'est son seul langage désormais et des larmes coulent sur sa face. Ses chiens se précipitent, plus rapides que le vent. Vont-ils le reconnaître ? Non, la meute, emportée par le désir de tuer, le prend en chasse et le poursuit sans relâche à travers les chemins à peine tracés, les rocs, les éboulis impraticables. Il voudrait crier : « C'est moi ! Je suis Actéon, je suis votre maître ! » Mais c'est impossible. L'air résonne d'aboiements surexcités. Un chien, plus rapide que les autres, lui saute sur le dos : Actéon est perdu. Tous plantent leurs crocs dans sa chair et le jeune homme expire, dévoré par les chiens qu'il avait nourris et caressés.

La pudeur d'Artémis est telle qu'elle a demandé, comme autre faveur à Zeus, de ne jamais avoir à se marier et de rester éternellement vierge. Aussi est-elle impitoyable pour ceux qui la poursuivent d'un amour importun : elle s'en délivre rapidement, fussent-ils des géants comme Bouphagos[1] ou Orion. Le premier fut transpercé d'une flèche et Artémis envoya contre le second un scorpion qui le piqua au talon. Pour remercier le scorpion, la déesse en

1→ Le nom Bouphagos signifie « mangeur de bœufs », ce qui en dit beaucoup sur sa taille !

fit une constellation et, dans le ciel, il continue de poursuivre Orion, transformé de la même manière.

Aréthuse

Si la déesse désire rester chaste, elle demande la même conduite à ses compagnes, les soixante nymphes océanes et les vingt nymphes des chênes qu'elle a appelées à la suivre dans ses chasses ou derrière son char d'or attelé de quatre biches. Et celles que des dieux poursuivent de leurs assiduités, elle les protège ou les punit. Aréthuse était une des plus belles compagnes de chasse d'Artémis. Revenant un jour de la chasse, elle passe près des eaux du fleuve Alphée, si calmes et si transparentes qu'elle peut compter les cailloux qui en parsèment le fond. Elle décide de se baigner pour se laver du sang de ses victimes et détendre ses membres lassés. Elle dénoue sa ceinture, accroche sa tunique aux branches d'un saule et se plonge dans le fleuve. Elle commence à nager et entend soudain un murmure sortir de l'onde :

– Où vas-tu si vite, Aréthuse, où vas-tu si vite ?

C'est le fleuve qui lui parle. Elle a oublié que les fleuves sont des dieux, fils d'Océan et de Téthys. Et celui-ci, Alphée, a été séduit par sa beauté. Fidèle à son vœu de chasteté, Aréthuse sort de l'eau et s'éloigne en courant. Mais Alphée, reprenant sa forme divine, la poursuit avec ardeur. La nymphe est nue, elle se blesse les pieds sur les ronces et les cailloux du chemin. Elle perd du terrain ; elle voit devant elle une ombre et sent dans son cou l'haleine du dieu fleuve. Terrifiée, brisée, elle se sent perdue et s'en remet à Artémis :

– Je suis prise si tu ne viens pas à mon secours, déesse, ma protectrice. Sauve-moi, interviens pour moi, ta fidèle servante.

Artémis est émue. Arrachant au ciel un épais nuage, elle en enveloppe la nymphe. Alphée ne peut plus la voir, mais il n'abandonne pas. Il reste là à tourner autour du brouillard en criant le nom de la nymphe. Il est aux aguets, tel un fauve qui ne veut pas lâcher sa proie. Ainsi assiégée, Aréthuse sent une sueur glacée l'inonder, des gouttes d'eau azurées perlent sur sa peau : Artémis l'a changée en source. Mais cela n'arrête pas Alphée. Redevenant fleuve, il s'apprête à se mêler à elle. Artémis ne peut le laisser faire. Elle frappe la terre et la source se perd dans d'obscures cavernes et ne réapparaît qu'en Sicile. Elle échappe enfin à la convoitise d'Alphée. La source Aréthuse deviendra sacrée pour les hommes, qui bâtiront près d'elle la cité de Syracuse.

Callisto

Une autre compagne d'Artémis, la nymphe Callisto, n'eut pas la même chance. Elle aussi revenait de la chasse et, fatiguée d'avoir couru les bois en compagnie de la déesse, elle déposa son javelot et s'étendit sous un arbre pour se reposer. Elle s'endormit sur le sol tapissé d'herbe fraîche. Par malheur, Zeus passait par là.

– Quelle beauté ! s'écrie-t-il devant la belle endormie. Voilà une aventure que mon épouse n'apprendra jamais. Ou si elle l'apprend, ajoute-t-il cyniquement, une si belle jeune fille vaut bien une querelle.

Pour ne pas effaroucher la nymphe, il prend d'abord l'apparence d'Artémis elle-même mais quand il est assez proche d'elle et qu'elle ne peut plus lui échapper, il redevient Zeus. Que peut une faible jeune fille contre le roi des dieux, à qui aucune divinité, si puissante soit-elle, ne peut résister ? Vainqueur, il regagne l'Olympe sans se préoccuper du sort de sa conquête. Celle-ci, honteuse, se cache du mieux qu'elle peut, garde les yeux au sol et se tient éloignée de sa maîtresse. Mais aucune union de Zeus ne reste inféconde et Callisto voit son ventre s'épanouir. Un jour, Artémis invite ses compagnes à se baigner dans une source. Toutes se dévêtent. Seule Callisto tente de retarder cet instant ; elle résiste. Par jeu, on lui arrache sa robe et alors sa faute est dévoilée.

– Loin d'ici, s'écrie la déesse sans écouter ses excuses embarrassées. Va-t'en ! Tu souilles cette source sacrée.

Callisto met au monde un fils. Mais la colère d'Artémis ne se fait pas attendre :

– Ah, tu es trop belle pour conserver ta pureté, s'écrie-t-elle. Eh bien, réjouis-toi, je ne te tuerai pas. Mais ta beauté, tu vas la perdre !

Elle saisit la nymphe par les cheveux et la jette au sol. Callisto tend ses bras pour toucher les genoux d'Artémis en suppliante, mais avec horreur elle voit pousser des griffes à ses mains et sa peau se recouvrir d'une fourrure noire. Sa bouche qu'avait fougueusement embrassée Zeus devient une gueule hideuse : elle est une ourse ! Pendant quinze ans, l'ourse Callisto erre dans les forêts. Elle mène une vie terrible : de chasseresse, elle est devenue proie et doit souvent se cacher des hommes pour survivre. Mais elle oublie parfois aussi qu'elle est une ourse et craint les bêtes féroces de la montagne.

Pendant ce temps, héritant des anciens talents de sa mère, son fils est devenu un chasseur renommé. Un jour, elle se trouve face à face avec lui. Il est armé d'un épieu mais elle ne le fuit pas : elle le reconnaît. Lui ne se doute de rien. Il brandit son arme, se prépare à la transpercer. Mais Zeus, prenant enfin pitié de son ancienne conquête, ne peut le supporter. Il les transporte tous deux dans le ciel et, à la grande colère d'Héra, en fait des constellations : la Grande Ourse et son gardien, Arcturus[1].

Iphigénie

Artémis est une déesse ambiguë : elle ne se plaît qu'à la chasse, et pourtant elle est considérée comme la protectrice des Amazones, ces femmes guerrières qui refusent la présence d'hommes à leurs côtés. Mais elle est aussi la protectrice des enfants et des petits animaux. Elle reste vierge mais c'est elle qui décide de la vie ou de la mort des femmes qui enfantent. Ses flèches peuvent tuer mais aussi guérir. Elle peut se venger ou bien pardonner. Ainsi punit-elle Agamemnon pour une parole malheureuse. Il avait osé, un jour de chasse fructueuse, prétendre qu'Artémis n'aurait pas pu mieux faire. L'armée des Grecs qu'il commandait, prête à embarquer pour conquérir Troie, dut attendre devant Aulis un vent favorable, mais la déesse le lui refusait. Elle fit

1→ Arcturus, ou en grec *arctophylax*, signifie « le gardien de l'ourse ».

comprendre, par la voix du devin Calchas, que l'offense réclamait un sacrifice. Mais il ne s'agissait pas de sacrifier des chèvres, comme on le fait souvent pour honorer Artémis, mais d'un sacrifice humain. Artémis réclamait le sang d'Iphigénie, la fille d'Agamemnon[1].

Cependant, quand la malheureuse jeune fille tendit son cou à la lame qui allait l'égorger, la déesse eut pitié d'elle. Elle l'épargna, la remplaça par une biche et l'emporta dans les airs jusque dans la lointaine Tauride[2], pour en faire sa prêtresse. Mais on pratiquait là-bas un culte terrible : Artémis exigeait qu'on tue pour elle tous les étrangers qui abordaient près de son temple. C'est de cette façon qu'Iphigénie faillit tuer son frère Oreste, envoyé sur ces rivages pour rapporter en Grèce la statue de la déesse.

Cette histoire illustre bien les différentes facettes de la déesse. Mais cela n'empêche pas les hommes de l'honorer, plus particulièrement dans les régions montagneuses qu'elle aime parcourir et partout où se manifestent les forces d'une nature sauvage.

1→ Lire le mythe d'Iphigénie dans *Héros de la mythologie grecque* (Folio Junior Les universels).

2→ La Tauride est au bord de la mer Noire et se nomme maintenant la Crimée.

Apollon

Des cygnes vinrent survoler Délos et en faire sept fois le tour en chantant. C'était pour annoncer la naissance d'Apollon, fils de Zeus et de Léto. Il était né peu après sa jumelle Artémis, qui, à peine venue au monde, aida sa mère à accoucher une seconde fois. Dès ses premiers instants, les cygnes furent donc les oiseaux d'Apollon. C'est pourquoi, dit-on, au moment de leur mort, ils chantent de joie à l'idée de rejoindre le dieu auquel ils sont consacrés. Zeus donna à son fils un char attelé de cygnes et le petit dieu âgé de quatre jours demanda un arc et des flèches, que Zeus fit fabriquer par les cyclopes, dans les forges d'Héphaïstos. On surnomma Apollon le dieu à l'arc d'argent ou tout simplement l'archer.

Les cygnes emportèrent le jeune dieu dans son char dans le pays des Hyperboréens. Ce peuple vit très loin, dans le Nord, au-delà du fleuve-océan qui entoure le cercle de la Terre, au-delà même des souffles de Borée, le vent du nord[1]. Dans leur contrée, au ciel toujours pur, Apollon se plut beaucoup et revint régulièrement. Il partageait son temps entre ce pays et les temples que les hommes lui bâtirent à Délos et à Delphes.

1→ Borée est le fils de l'Aurore. Il a deux frères : Notos, le vent du sud, et Zéphyr, le vent d'ouest.

Delphes et la lutte contre Python

Au nord du golfe de Corinthe, au pied du mont Parnasse, se trouve Delphes. C'est le centre du monde. Deux aigles envoyés par Zeus, partis chacun d'une extrémité de la Terre, se croisèrent au-dessus de Delphes et Zeus laissa tomber à cet endroit une pierre arrondie : l'*omphalos*, ou « nombril du monde ». Le village de Delphes se tient dans un site magnifique : il domine des pentes couvertes d'oliviers, au fond une plaine fertile, puis la mer bleu azur ; et, dans le lointain, la cime enneigée du Parnasse. Le dieu Apollon y arriva au milieu de l'été, quand les fleurs parsemaient la montagne. Pour fêter son arrivée, cigales et rossignols redoublèrent leurs chants. Le lieu lui plut tant qu'il décida de s'y faire bâtir un sanctuaire magnifique. Du flanc de la montagne sortent parfois quelques vapeurs de soufre. Une source d'eau pure jaillit dans un bois. Thémis, fille d'Ouranos et de Gaïa, déesse de la Justice et des Lois éternelles, qui préside à l'ordre de toutes choses, y rend des oracles.

Thémis est une antique déesse, très honorée de Zeus qu'elle conseilla pendant la guerre contre les géants. Outre les oracles, elle inventa les rites et les lois. Elle n'a pas subi le sort de ses frères les Titans. Au contraire, elle vit avec les dieux dans l'Olympe. Mais elle a choisi, pour garder l'oracle et la source sacrée de Delphes que l'on nomme fontaine Castalie, un gardien bien encombrant : un énorme serpent ou plutôt un dragon femelle, un monstre sauvage tel qu'on n'en a jamais vu ramper sur la terre, une fille que Gaïa, la Terre, a enfantée après le déluge, à partir

Oracles et devins

Dans l'Antiquité, les Grecs croyaient que le destin des hommes était fixé à l'avance. Ce destin était personnifié par trois sœurs, les Moires, plus connues sous leur nom latin de Parques. L'une filait le fil de la vie, la deuxième l'enroulait et la troisième le coupait. Si l'homme ne pouvait échapper à son destin, il pouvait tenter de le connaître.

On appelle oracle la réponse qu'une divinité donne à ceux qui la consultent dans certains lieux sacrés. Par extension, portent aussi le nom d'oracle l'interprète du dieu et même le lieu où est donnée cette réponse.

C'est la déesse Thémis, déesse des lois et de la justice, souvent considérée comme la mère des Moires, qui a inventé l'art de la divination, ou art des oracles, que l'on appelait en Grèce la « parole éternelle ». Elle l'a enseigné au dieu Apollon qui voit l'avenir et peut ainsi le révéler. Dans ses différents temples, il inspirait des prophétesses qui transmettaient ses oracles par des sons inarticulés ou des vers qu'interprétaient les prêtres. Les oracles étaient souvent ambigus et difficiles à comprendre.

Apollon inspirait également des devins, hommes ou femmes, qui avaient le don de connaître l'avenir. Les plus célèbres devins de la mythologie sont Tirésias, qui joua un rôle dans les mythes d'Œdipe et d'Antigone : « Comme sire Apollon, Tirésias possède le don de clairvoyance[1] », et Calchas, qui fut le devin de la guerre de Troie. D'autres dieux qu'Apollon prédisaient aussi l'avenir : Dionysos, Hermès... Ainsi Zeus à Dodone, où les prêtresses écoutaient le roucoulement des colombes posées sur un chêne sacré ou le bruissement du vent dans ses feuilles.

Il y avait plusieurs autres manières de recevoir les oracles : en jetant des osselets ou en observant le vol des oiseaux. « Ne nous refuse donc ni les avis qu'inspirent les oiseaux ni aucune autre démarche de la science prophétique », demande Œdipe au devin Tirésias. Et on lit parfois dans les entrailles des animaux ou dans des miroirs descendus dans un puits. On peut aussi interpréter

1→ Toutes les citations sont tirées de la tragédie *Œdipe roi* de Sophocle, traduction de Paul Mazon.

les rêves et il existe bien d'autres méthodes encore. Enfin, les dieux peuvent donner des avertissements grâce à des prodiges, un simple éclair, un coup de tonnerre. Le plus célèbre oracle d'Apollon est l'oracle de Delphes. Les oracles et spécialement l'oracle de Delphes étaient consultés par tous, non seulement les particuliers, mais aussi les gouvernants et les cités. Pas une fondation de ville, pas une guerre ne se faisait sans qu'on demande leur avis. L'oracle de Delphes a eu une influence énorme sur la vie des cités grecques et même des pays voisins.

de la boue réchauffée par les rayons du soleil. Quand la bête sort de la faille qui l'abrite, on voit chatoyer son dos rouge couvert d'écailles de bronze. Mais celui qui la voit peut rarement s'en vanter car, de gardienne, la bête est devenue un objet de terreur et elle enlève troupeaux et paysans pour les dévorer.

Apollon ne peut laisser un tel monstre hanter les lieux. Bien qu'il n'ait chassé jusqu'alors que des chevreuils ou des cerfs prompts à la fuite, il n'a pas peur. Il se met à l'affût près de l'antre où dort la bête et dès qu'il aperçoit l'éclat de son dos, il ajuste les flèches, l'une après l'autre, au point de vider son carquois. Le venin coule à flots par les noires blessures. La bête se tord en crachant des flammes puis meurt enfin. Sous l'ardeur du soleil, son corps se met à pourrir. Cela lui donnera son nom : Python[1]. Pour se faire pardonner de Gaïa, Apollon ira se faire purifier de son crime et instituera en l'honneur de Python des jeux

1→ Le nom Python vient d'un verbe grec qui signifie « pourrir ». Le premier nom de Delphes fut d'ailleurs Pytho.

funèbres[1] qui auront lieu tous les quatre ans. En souvenir du serpent, il les nommera jeux Pythiques.

Les paysans de la région furent si heureux d'être débarrassés du monstre qu'ils nommèrent Apollon leur dieu protecteur et entonnèrent le premier « péan », chant de triomphe que les hommes continuent à chanter en l'honneur du dieu. Apollon convainc, par la flatterie, l'antique dieu Pan de lui apprendre l'art de prédire l'avenir. Cela fait, il s'empare de l'oracle de Thémis. Il installe dans le sanctuaire un trépied qui lui est consacré et sur lequel s'assiéra la Pythie. Cette femme est la prêtresse par la bouche de laquelle il rendra les oracles. Héraclès essaya de ravir ce trépied à Apollon, de piller le temple et d'établir l'oracle ailleurs. Les deux fils de Zeus commencèrent à se battre mais le foudre de leur père s'abattit entre eux et l'oracle resta à Delphes.

1→ En Grèce, les cérémonies funèbres étaient très ritualisées. Dans la Grèce héroïque, un guerrier mort devait être honoré : on pratiquait donc des cérémonies grandioses à la suite desquelles avaient lieu les jeux funèbres. C'étaient des concours sportifs auxquels participaient tous les princes et les nobles guerriers. Les épreuves, dotées de prix importants comme de riches vases, des esclaves, des chevaux ou des armes d'apparat, etc., étaient la course de chars, la boxe, la lutte, la course à pied, l'escrime, le lancer du disque, le tir à l'arc, le lancer du javelot. On remarque que ce sont des exercices physiques de soldats. Les plus célèbres jeux funèbres sont décrits dans *L'Iliade* d'Homère (chant XXIII). Les jeux Pythiques toutefois ne donnaient comme prix qu'une couronne de laurier et le droit d'être immortalisé par une statue comme celle du célèbre aurige de Delphes.

Les rites de Delphes

Voici comment y étaient rendus les oracles : les consultants se purifiaient à la source Castalie, payaient une contribution et faisaient un sacrifice, en général une chèvre. L'ordre de passage des consultants était tiré au sort. La Pythie rendait des oracles dans le sanctuaire d'Apollon à Delphes. Après s'être purifiée à la source Castalie, elle entrait dans le temple où elle respirait des vapeurs de laurier et de farine d'orge, brûlés sur du charbon de bois. Puis elle descendait dans la partie souterraine du temple. Isolée dans une pièce, assise sur un trépied, elle buvait de l'eau de la source Castalie, mâchait des feuilles de laurier. Elle entrait alors en état d'« enthousiasme », c'est-à-dire de possession divine. Elle répondait aux questions des participants en proférant des oracles qu'interprétaient les prêtres. On pensait que le dieu parlait par sa voix mais on le surnommait Apollon Loxias c'est-à-dire Apollon « l'oblique », « l'ambigu », car ses réponses étaient équivoques et difficiles à comprendre.
Au début, l'oracle ne donnait audience qu'une fois par an, puis plus fréquemment devant l'affluence de requêtes, sauf en hiver car Apollon était alors absent de Delphes.
La Pythie était choisie parmi les femmes de Delphes. À l'origine, des jeunes femmes, puis plutôt des femmes d'une cinquantaine d'années, présumées plus vertueuses.
Il y eut jusqu'à trois Pythies en même temps aux époques où l'oracle était le plus renommé.
Il y eut de nombreuses luttes d'influences, voire des guerres, pour s'assurer le contrôle de l'oracle, tant il avait d'influence sur le destin des cités.

Apollon, le dieu des arts

Apollon n'est pas seulement archer ou devin. Il est aussi médecin et ses flèches, comme celles de sa sœur Artémis, peuvent guérir aussi bien que tuer. C'est un excellent pasteur et ses troupeaux sont renommés dans tout l'Olympe. Il lui est arrivé deux fois de devoir, par punition, passer une année d'esclavage chez les mortels. Il s'occupa alors des troupeaux, et ses maîtres n'eurent qu'à s'en louer, car le bétail prospérait et, quand une femelle mettait bas, c'était des jumeaux magnifiques[1]. Mais il est aussi très renommé comme aède[2]. Le dieu Hermès lui a donné une lyre et Apollon, sur les flancs du mont Parnasse, aime à en jouer, en compagnie des Muses.

Les Muses sont filles de Zeus et de la déesse Mnémosyne[3]. Elles sont neuf sœurs, fruits de neuf nuits d'amour. Ce sont les chanteuses divines, qui ont chanté la victoire des dieux sur les Titans et qui égaient les banquets divins dans l'Olympe, mais elles aiment aussi accompagner Apollon sur le mont Parnasse. Elles président à tous les arts. Elles peuvent donner de l'éloquence aux orateurs, de la sagesse aux rois et du talent aux poètes. La première des Muses[4] et la plus honorée est Calliope, la Muse de la poésie épique. Clio est la Muse de l'Histoire, Érato exprime les sentiments de la poésie élégiaque. Euterpe est la Muse de la musique, Melpomène de la tragédie, Polymnie de la poésie lyrique. Thalie se consacre à la comédie, Terpsichore à la danse. Uranie est la Muse de l'astronomie.

1→ Lire dans *Héros de la mythologie grecque* (Folio Junior Les universels) le mythe d'Alceste et, dans le mythe d'Héraclès, l'histoire d'Hésioné.
2→ Les aèdes sont des poètes qui vont de palais en palais, de cité en cité pour réciter, en s'accompagnant d'une lyre, des poèmes épiques racontant les hauts faits de héros.
3→ En grec, Mnémosyne signifie « mémoire ».
4→ Le temple des Muses à Athènes s'appelait le musée (en grec *mouséion*).

Apollon et le satyre Marsyas

Comme tous les dieux, Apollon est assez orgueilleux. Il n'aime voir personne rivaliser avec ses talents. Le satyre Marsyas en fit la très cruelle expérience. La déesse Athéna avait inventé un nouvel instrument de musique, avec deux roseaux ou peut-être deux os de cerf. Il suffisait de souffler dedans et la double flûte rendait des sons harmonieux. L'inventive déesse parcourait l'Olympe pour faire entendre à tous cette nouvelle harmonie car elle était assez fière de sa trouvaille. Pourtant Héra et Aphrodite ne faisaient que pouffer de rire dans son dos.

– C'est moi qui vous amuse ? leur demanda Athéna, vexée.

Au mépris de toute dignité, les deux autres se tordaient de rire. Enfin Héra réussit à articuler :

– Ma bonne Athéna, va regarder ton visage quand tu joues.

Et les deux nobles déesses de rire sans retenue…

Athéna, furieuse, alla se mirer dans une fontaine mais, quand elle vit ses joues gonflées et l'horrible grimace qui déformait son visage, elle jeta la flûte dans l'herbe en menaçant des pires châtiments celui qui oserait la ramasser. Or le satyre Marsyas passait par là et bien sûr il la prit. Sans souci d'esthétique – mais qui s'intéresse à la beauté d'un satyre couvert de poils ? –, il souffla dedans et, très vite, fut capable de jouer des mélodies envoûtantes. Aveuglé de fierté, il se persuada que le son de la flûte était plus beau que celui de la lyre et osa défier Apollon. Les Muses furent appelées à juger mais tous deux jouèrent si bien qu'elles furent incapables de les départager.

Alors, avec un soupçon de perversité, Apollon retourna sa lyre, réussit à en jouer ainsi et se mit à chanter. Puis en souriant :

– Fais-en autant !

Le pauvre Marsyas retourna sa flûte sans réfléchir mais se retrouva stupidement devant une impossibilité : ces deux tubes écartés… et que faire ? Souffler, aspirer l'air ? Et chanter en même temps ? Il s'était fait piéger par le subtil Apollon. Pour le punir de son *hybris*[1], le dieu suspendit le satyre à un pin et l'écorcha vif. Son corps n'était plus qu'une plaie, le sang coulait et Marsyas gémissait :

– Ah, aucune flûte ne vaut d'être payée si cher !

Cette punition semble excessive pour un peu d'orgueil mais les dieux ne peuvent tolérer que d'autres se mesurent à eux. On raconte qu'Apollon se repentit, ému par les supplications des nymphes et de toutes les divinités champêtres, et qu'il transforma Marsyas en fleuve ; mais c'était trop tard pour le satyre musicien, il avait subi des souffrances inouïes !

Les amours d'Apollon

C'est un dieu très beau, très grand, doté d'une chevelure aux boucles bien ordonnées, blonde comme l'or, disent les uns, ou noire comme l'aile du corbeau, on ne sait, tant elle est éclatante. Apollon représente la perfection. Il a

1→ Voir la note 2, p. 67.

donc beaucoup de succès auprès des nymphes et des mortelles. Et, s'il n'a pas d'épouse attitrée, il a beaucoup d'amantes et de nombreux enfants. Mais curieusement, beaucoup de ses amours furent malheureuses. Ainsi, quand il tomba amoureux la première fois, ce fut d'une nymphe nommée Daphné, fille d'un dieu fleuve. Comme Artémis, elle ne se plaisait qu'à la chasse, dans l'ombre des forêts. Le mariage lui faisait horreur. Elle se contentait d'attacher ses cheveux sans art et de se vêtir d'une tunique grossière. C'était suffisant, pourvu qu'elle soit à l'aise pour parcourir les bois à l'affût du gibier. Daphné était très belle et sa simplicité séduisit le dieu. Il voulut en faire sa compagne.

Mais elle refuse obstinément toutes les avances, toutes les prières et les supplications du dieu. Elle lui tourne le dos. Fou de désir, il se met à la poursuivre dans les bois, sur les sentiers. La jeune fille est alerte, elle fuit, légère comme un souffle. Le dieu l'appelle :

– Arrête ! Tu ne sais pas qui tu fuis. Je ne suis pas un simple gardien de bœufs ou de moutons ni un paysan hirsute. C'est moi qui ai tué Python et délivré ces forêts ; je suis l'archer qui ne manque jamais sa cible, le plus grand des musiciens…

Cependant elle le laisse à son discours et continue de courir. Le dieu s'exaspère :

– Ah, dire que je peux guérir toutes les maladies et que je ne peux rien pour extirper cet amour de mon âme !

Et d'un pas précipité, il suit les traces de Daphné. Porté par son désir, il va la rattraper. Elle arrive au bord du fleuve. Arrêtée par les eaux, elle supplie son père :

– Secours-moi, mon père. Si vous, les fleuves, avez vraiment un pouvoir divin, fais-moi perdre cette trop séduisante apparence.

Son père a pitié d'elle. Elle sent soudain ses membres s'engourdir, sa chair se durcir. Ses cheveux se changent en feuillage ; ses pieds, naguère si rapides, s'enracinent dans le sol. Et Apollon, qui croit l'enlacer, ne tient entre ses bras qu'un tronc d'arbre : Daphné est devenue laurier[1]. Mais sous l'écorce rugueuse, le dieu sent son cœur qui bat encore.

– Eh bien, dit-il, puisque tu ne veux pas être mon épouse, tu seras mon arbre. C'est toi qui, de tes rameaux, couronneras ma tête et celle de tous les gagnants des jeux et des concours. Et tu porteras la parure de tes feuilles en toute saison.

L'arbuste secoue sa cime, comme s'il disait enfin oui au dieu.

Apollon eut la même déconvenue avec une femme, Marpessa, louée par les poètes pour la finesse de ses chevilles. Alors qu'elle était fiancée à un homme, elle fut enlevée par le dieu. Son fiancé, pourtant un simple mortel, prit son arc et n'hésita pas à attaquer Apollon. Ils se seraient battus si Zeus n'était pas sagement intervenu en décidant que la jeune fille aurait le droit de choisir elle-même son prétendant. Eh bien, l'impensable arriva ! Marpessa choisit l'homme et non le dieu :

1→ En grec, « laurier » se dit *daphné*.

– Je suis une mortelle, soumise au temps. Mon époux doit vieillir avec moi et non rester parfait éternellement et m'abandonner quand je serai vieille et laide…

Voilà qui était fort sage.

Pour séduire Cassandre, la fille du roi Priam[1], qui se refusait à lui, Apollon proposa de lui apprendre à deviner l'avenir. La jeune fille accepta et promit de devenir ensuite sa maîtresse. Mais, après avoir reçu le don de divination, elle se moqua de lui et refusa d'honorer son engagement. Le dieu cacha son dépit et se fit humble :

– Cassandre, tu me désespères ! Va ! J'ai compris, je t'ai perdue. Mais je t'en supplie, donne-moi simplement un baiser d'adieu et je partirai à jamais.

Rieuse, la jeune fille tend les lèvres pour que le dieu y pose un baiser. Mais Apollon lui crache dans la bouche et s'écrie :

– Crois-tu vraiment pouvoir ridiculiser Apollon ? Oh, je ne t'enlèverai pas le don de prophétie ! Mais ce sera pire car je t'ai ôté le pouvoir de persuader. Toutes tes prédictions seront exactes mais personne ne les croira jamais.

Ainsi Cassandre annonça-t-elle la chute de Troie, la mort de ses proches, l'assassinat d'Agamemnon. Mais jamais nul ne fit cas de ses prédictions : on la prenait pour une folle. Une seule ajouta foi à sa prédiction concernant l'heure de sa mort : elle-même.

Le dieu s'éprit aussi d'un jeune garçon d'une grande

1→ Lire dans *Héros de la mythologie grecque* (Folio Junior Les universels) l'histoire de Cassandre (la malédiction des Atrides).

beauté, Hyacinthos[1]. Ils ne se quittaient pas, chassaient ensemble et s'entraînaient à divers sports. Un jour qu'ils s'exerçaient au disque, le vent, peut-être par jalousie, fit dévier celui qu'Apollon venait de lancer. Hyacinthos attendait à quelques pas, pour voir où le disque allait toucher terre, et fut frappé à la tempe. Le dieu se précipite, pâlit autant que l'enfant. Il tente de soutenir ses membres défaillants et d'étancher le sang de sa blessure avec des compresses de plantes. Mais sa science n'y peut rien : les Moires ont décidé de trancher le fil de cette jeune vie. Apollon se lamente, se sentant responsable de cette mort.

– Ah, que ne puis-je te suivre dans la mort, cher enfant ! Ma lyre, mes chants te célébreront toujours. Des jeux funèbres seront donnés en ton honneur chaque année.

Mais cela ne lui semble pas suffisant. Avisant le sang qui éclabousse la terre, il en fait naître une fleur : la jacinthe, qui refleurira chaque année en souvenir du jeune homme.

Asclépios

Asclépios est le fils le plus célèbre d'Apollon. Il est le fruit des amours, une fois encore malheureuses, d'Apollon et de Coronis, une princesse thessalienne. Enceinte des œuvres du dieu, elle osa le tromper avec un mortel. Le dieu fut averti de cette infidélité par un corbeau. Fou de rage, au lieu de remercier l'oiseau, il lui reprocha de ne pas avoir crevé les yeux de l'infidèle et le maudit. C'est pourquoi aujourd'hui les corbeaux sont noirs.

1→ Dans la Grèce antique, la pédérastie était admise, dans certaines limites.

D'une flèche bien ajustée, Apollon se venge de Coronis et l'expédie au Tartare. Il prépare un bûcher funèbre, y porte la flamme mais au dernier moment, considérant que l'enfant qu'elle porte en son sein est innocent de tout, il l'arrache du corps qui s'embrasait déjà. Il confie le petit garçon au Centaure Chiron qui reçoit souvent la tâche d'éduquer jeunes dieux et héros. C'est que Chiron, fils de Cronos[1], est le plus savant des Centaures. Il enseigne à ses élèves la musique (on dit même qu'il donna des leçons à Apollon), l'art de la chasse et de la guerre, la morale et la médecine.

C'est la médecine que préfère le jeune Asclépios. Il y devient très habile ; on vient le consulter de toute la Grèce. Mais Asclépios va trop loin. Athéna lui avait donné deux petites fioles qui contenaient le sang de Méduse, la Gorgone tuée par Persée[2]. Le visage de Méduse pétrifiait tous ceux qui le regardaient ; et son sang avait lui aussi une qualité étonnante : le sang qui était tiré des veines de son côté gauche avait le pouvoir de tuer, tandis que celui qui venait de son côté droit pouvait ressusciter les morts. Asclépios ne put résister : il se mit à rendre vie aux morts que son art n'avait pu sauver.

1→ Cronos avait pris la forme d'un cheval pour s'unir à une fille d'Océan. C'est pourquoi Chiron avait la double forme d'homme et de cheval. Il était immortel. Mais, blessé par une flèche empoisonnée, il ne put se guérir malgré toute sa science de la médecine ; il souffrait horriblement et souhaitait mourir, mais c'était impossible jusqu'à ce que Prométhée, né mortel, n'échange son sort avec lui.

2→ Lire le mythe de Persée dans *Héros de la mythologie grecque* (Folio Junior Les universels).

Mais c'était troubler le *cosmos*, « l'ordre du monde ». Hadès vint protester auprès de son frère Zeus : son domaine ne s'enrichissait plus. Que se passait-il ? Pouvait-on laisser faire ?

Puis ce furent les Moires, gardiennes du destin des hommes et du bon ordre du monde, qui se plaignirent au roi des dieux :

– Si tu ne fais rien, l'univers retournera au chaos !

Zeus n'eut plus qu'une solution, il frappa le fils d'Apollon de son foudre. Aussitôt, sans réfléchir, pour venger son enfant bien-aimé, Apollon tua les Cyclopes qui forgeaient les armes des dieux et surtout le foudre de Zeus. Devant cet acte injuste et insensé, Zeus était prêt à envoyer Apollon dans le Tartare, tenir compagnie à tous ceux qui l'avaient défié. Il fallut les larmes et la persuasion de la douce Léto pour que l'impétueux Apollon ne subisse pas un tel châtiment. Mais Zeus décida de calmer sa fougue en l'envoyant servir un an le roi Admète. Cependant, après l'avoir foudroyé, Zeus expédia Asclépios dans le ciel où il devint une constellation. On le voit portant un bâton entouré de deux serpents : c'est la constellation du Serpentaire. Il est le père d'une lignée de médecins dont le plus célèbre est Hippocrate. C'est à Épidaure qu'on l'honore et que l'on soigne les malades de la Grèce entière et même des contrées avoisinantes, tant ce centre a bonne réputation. On dit qu'Asclépios visite les malades en rêve et que, pour faire leur diagnostic et délivrer des ordonnances, les prêtres-médecins n'ont plus qu'à interpréter leurs rêves. Les hommes élèvent dans ce temple des serpents sacrés, symboles du savoir d'Asclépios, et tous les quatre ans célèbrent le dieu par des jeux sportifs et un concours dramatique pour lequel ils ont bâti le plus gigantesque théâtre de Grèce.

C'est après sa colère folle et grâce aux douces remontrances de sa mère qu'Apollon, en songeant au crime qu'il avait accompli, aux graves conséquences qu'il aurait pu avoir, apprit à se modérer et devint le dieu dont la devise était : « Rien de trop ! »

Arès

« Fléau des hommes, mal incarné, dieu des larmes, jamais rassasié de guerres ni de carnages… » Voilà comment est qualifié le fils de Zeus et d'Héra, Arès, dieu de la Guerre.

Zeus n'aime pas son fils légitime :

– Parmi les dieux immortels, tu m'es le plus odieux. Tu ne penses qu'à la guerre, à la querelle et aux combats. Tu as hérité du détestable caractère de ta mère et de son emportement ! Si tu n'étais pas mon fils, il y a longtemps que je t'aurais enfermé tout au fond du Tartare.

Et il est vrai qu'Arès aime se battre mais parfois sans raison : il se bat pour son plaisir. Il se repaît de carnage et de sang. Il aime participer aux guerres des hommes.

Arès est un dieu magnifique, d'une très grande stature ; il en impose, lorsqu'il a revêtu sa cuirasse de bronze et son casque étincelant. Et quand, debout sur son char tiré par deux coursiers harnachés d'or, il se penche pour frapper de sa pique ou qu'il court au milieu des fantassins, la finesse de sa taille et la puissance de sa carrure le font immédiatement reconnaître. Il séduit beaucoup de femmes et de nymphes, et la plus tendre avec lui est, sans conteste, la douce Aphrodite qui, par amour, s'est exposée avec lui à la colère de son époux Héphaïstos.

Le dieu se plaît beaucoup en Thrace, un pays rude où il fait froid et où sans cesse souffle le vent. Les brutes à demi sauvages qui peuplent cette contrée passent leur temps à se faire la guerre et lui vouent un culte particulier. Là-bas, il a même des filles : les Amazones, une peuplade de femmes guerrières qui combattent à cheval, armées d'un arc de bronze et d'un petit bouclier. D'un caractère indomptable, elles refusent le gouvernement des hommes, les obligent à effectuer des travaux domestiques et ne les approchent que pour avoir des enfants.

Dans cette contrée sauvage, le dieu peut se livrer à son occupation favorite. Il parcourt les champs de bataille avec pour écuyers ses deux fils, Déimos et Phobos. Sa fille, Ényo la sanglante, les accompagne ainsi qu'Éris[1], que certains disent sa sœur jumelle ; Éris aux fureurs démesurées. Comme si ce terrifiant cortège ne suffisait pas, on voit avec eux, près des cadavres, les Kères, qui, tel de grands oiseaux noirs, se posent sur les corps et les déchirent de leurs ongles pour boire leur sang, tandis que selon les lois de la guerre Arès dépouille les morts de leurs armes.

Arès est le père de nombreux autres enfants mais ils sont presque tous violents, cruels et impies. Héraclès, à lui seul, purgea la terre de trois de ses fils. Le premier était sauvage et sanguinaire. Il régnait sur un peuple de Macédoine. Il tuait les voyageurs pour les rançonner. Il voulut s'attaquer au héros qui passait par là en allant chercher les pommes d'or au jardin des Hespérides. Mal lui en prit : Héraclès l'abattit. Le deuxième était Diomède, un roi

1→ En grec, le mot *déimos* signifie « épouvante », et *phobos* « terreur » ; *eris* signifie « querelle ». Ces divinités sont donc des allégories, c'est-à-dire des représentations personnifiées d'idées abstraites.

thrace propriétaire de juments qu'il nourrissait de chair humaine. Héraclès le fit dévorer par ses propres juments[1]. La mort du troisième, un brigand qui tuait et détroussait les pèlerins en route vers Delphes pour offrir leurs dépouilles à son père, provoqua un combat entre Arès et Héraclès. Arès voulut défendre son fils. Il pointait sa lance vers Héraclès, mais le destin de son fils était de mourir, et même les dieux ne pouvaient s'y opposer. Athéna détourna donc la lance et Héraclès en profita pour blesser Arès à la cuisse. Zeus intervint pour séparer ses fils et Arès remonta sur l'Olympe, fou de douleur et, dit-on même, de terreur, pour se faire soigner par un dieu guérisseur. Ce n'était pas la première fois qu'Héraclès blessait Arès et il l'avait même dépouillé de ses armes.

Excepté Aphrodite, les dieux n'aiment pas beaucoup Arès. Mais une déesse prend un malin plaisir à triompher du dieu et de sa force brutale, en utilisant sa ruse et son intelligence, c'est Athéna. Elle lui reproche de n'être que violence et colère, d'attirer sur les dieux la fureur de Zeus. Pendant la guerre de Troie, au moment où les dieux se battaient au côté des hommes, par deux fois elle s'en prit à lui. Ils n'étaient pas du même bord : Arès se battait avec les Troyens, il menait une charge en poussant des cris sauvages. Athéna poussa un chef grec, Diomède, à l'attaquer :

– N'aie aucune pitié pour lui, lance sur lui tes coursiers et quand ton char sera proche, frappe-le à bout portant.

1→ Lire les travaux d'Héraclès dans *Héros de la mythologie grecque* (Folio Junior Les universels).

Ne l'épargne pas, c'est une tête brûlée, un fou furieux! Mais n'aie aucune crainte, je te protégerai.

En prononçant ces paroles, Athéna repousse le conducteur du char, prend sa place à côté de Diomède, se coiffe du casque d'invisibilité que lui a prêté Hadès et impatiemment fouette les chevaux qui s'élancent. Quand Arès voit le héros grec se précipiter sur lui, il lance son char et se penche vers l'avant pour lui porter un coup fatal de sa pique de bronze. Mais Athéna écarte la pique et, dirigeant celle de Diomède, elle blesse Arès au ventre. Arès pousse un cri plus fort que celui d'une armée de dix mille hommes et remonte se faire soigner et se mettre à l'abri.

Dès qu'il eut l'occasion de se venger, Arès s'en prit à Athéna, sur le champ de bataille:

– Toujours après moi, comme une mouche sur un chien! Je n'ai pas oublié comment tu as poussé Diomède contre moi et comment tu as déchiré ma belle peau. Maintenant tu vas payer!

Et il se jette sur elle, visant l'égide[1] de sa lance. Aussitôt, la déesse saisit une pierre et le frappe au cou. Arès tombe, tout tremblant et les membres rompus. Et c'est Aphrodite qui doit venir le chercher sur le champ de bataille. Athéna s'en prend aussi à la douce Aphrodite qui s'enfuit en pleurant. La bataille des dieux allait devenir générale quand Zeus dut faire sentir son autorité en brandissant son foudre.

1→ Voir les notes 1, p. 37, 98 et 107.

Arès, le mal-aimé

Les Grecs s'amusent des déconvenues d'Arès. Et leur attitude envers ce dieu de la guerre est ambiguë. D'une part ils admirent ses exploits et nomment les grands guerriers « enfant d'Arès », « aimé d'Arès » ou « égal d'Arès ». Mais ils méprisent un peu cette force brutale et irréfléchie à qui ils consacrent le chien et le vautour, deux animaux qui dévorent les cadavres. Ils lui préfèrent Athéna, déesse combattante certes, mais sage et rusée à la fois. Ils n'élèvent pas beaucoup de temples à leur dieu de la guerre. Cependant à Athènes, une colline près de l'Acropole porte son nom : c'est l'Aréopage. Là vivait une des filles d'Arès et d'une mortelle. Le dieu, venu voir sa fille, s'aperçut qu'on tentait de lui faire violence. Il tua aussitôt l'homme. Mais c'était un fils de Poséidon et celui-ci assigna Arès devant un tribunal des dieux sur cette colline même. Le tribunal acquitta Arès mais les Athéniens ont gardé l'habitude de réunir à cet endroit précis les tribunaux chargés de juger les crimes religieux. Ainsi, c'est sur l'Aréopage que fut jugé puis absous Oreste : pris dans le système compliqué des devoirs religieux d'un fils, il avait dû tuer sa mère pour venger l'assassinat de son père. Il était poursuivi par les Érinyes, les déesses qui punissent le meurtre d'un parent par son enfant.

Mais l'attaque la plus ridicule et la plus dangereuse pour le dieu vint de deux géants qu'on nomme les Aloades. Dès leur naissance, les deux enfants, fils de Poséidon et d'une mortelle, grandissaient d'une brasse et s'élargissaient d'une coudée[1] par an. Fiers de leur taille gigantesque, ils ne cessaient de provoquer les dieux. Ainsi, irrités contre Arès qui avait provoqué la mort d'Adonis[2], ils se saisirent de lui, le lièrent d'une chaîne solide et l'enfermèrent dans

1→ Une coudée mesure environ 45 centimètres et une brasse équivaut à peu près à 1,78 mètre.
2→ Lire le mythe d'Adonis, p. 175.

une jarre de bronze. Malgré tous ses efforts, Arès ne put se délivrer, et resta treize mois dans son étroite prison. Et, comme il ne pouvait avoir d'ambroisie, la nourriture des dieux, il était à bout de forces. Que serait-il advenu de lui, si Hermès, averti, n'était venu le délivrer ?

Hermès

Le jeune dieu Hermès est un bébé très malicieux. Dès sa naissance, sa mère, Maïa, une des sept filles d'Atlas, le Titan[1], a enveloppé son corps de bandelettes, comme on le fait pour tous les nouveau-nés, et l'a couché dans une corbeille qui lui sert de berceau. Elle élève son fils dans une grotte du mont Cyllène. Cependant, le jour même de sa naissance, ce bébé surdoué – mais que peut-on attendre d'autre d'un fils de Zeus? – réussit à se débarrasser des bandelettes qui le maintiennent. Il faut dire qu'en un jour, il a grandi de façon surprenante. Et l'enfant échappe à la surveillance de sa mère et se sauve.

Au hasard de ses promenades, il se retrouve en Thessalie, où son frère Apollon garde les troupeaux du roi Admète. Le jeune Hermès se cache et, profitant d'un moment d'inattention de son frère, lui dérobe douze vaches, cent génisses et un taureau. Et des bêtes magnifiques, les plus belles du troupeau! Il faut avouer qu'Apollon était très distrait par une histoire d'amour. Pour éviter de laisser des traces, Hermès a la bonne idée d'attacher derrière la queue de chaque animal une branche d'arbre. Les feuilles, en frottant la poussière, rendent le sol aussi lisse qu'avant le passage du bétail et, malgré toutes ses recherches, Apollon

1→ Les sept sœurs se nomment les Pléiades. Elles deviendront une constellation. Six des sœurs ont épousé un dieu ou ont été sa maîtresse. La septième n'a épousé qu'un mortel: Sisyphe. Elle en a honte si bien que, dans la constellation, son étoile brille moins que les autres.

ne peut le repérer. Hermès et son équipage ne rencontrent personne sur leur chemin, excepté un vieillard dont le jeune dieu n'hésite pas à acheter le silence en lui offrant une de ses génisses :

– Vieillard, si quelqu'un s'inquiète de son troupeau, dis que tu ne l'as pas vu. Voici une génisse en reconnaissance de ce service.

– Ne t'inquiète pas, étranger. Mes lèvres seront scellées ; tiens, dit-il en montrant un rocher, cette pierre sera plus bavarde que moi.

Hermès s'en va mais il n'est pas tranquille. Pris d'un doute, il revient sur ses pas, se cache et, déguisant sa voix, il crie au vieillard :

– Paysan, si tu as vu passer un troupeau par ici, dis-le-moi vite. Pour te remercier je te donnerai une génisse et un taureau.

Dévoré de cupidité, sans même chercher à voir son interlocuteur, le vieillard lui indique ce qu'il sait.

–Toi, tu ne m'inspirais pas confiance et j'avais bien raison de me méfier. Ah ! Une pierre est plus bavarde que toi. Eh bien, voyons cela !

Et immédiatement il change le vieillard en pierre et reprend sa route.

Hermès cache les bêtes volées dans une caverne, mais il tue deux vaches, les écorche très proprement, les coupe en douze parts et les brûle en sacrifice aux dieux. C'est, dit-on, le premier sacrifice de chair offert aux dieux. Puis il

Les sacrifices

Quand les Grecs prient les dieux, c'est le plus souvent pour leur demander quelque chose ou les en remercier. Mais la relation est un échange : on n'a rien sans rien ; il faut donc faire des offrandes aux dieux que l'on sollicite. Ces offrandes peuvent consister en des pâtisseries déposées sur les autels ou des libations de vin ou de lait (c'est-à-dire que l'on répandait quelques gouttes de ces liquides sur le sol). Mais le plus souvent il s'agissait de sacrifices sanglants. On ne pratiquait pas en Grèce de sacrifices humains. Peut-être y en a-t-il eu dans des temps très anciens dont des mythes, comme celui d'Iphigénie, seraient le témoignage ? Mais aux époques historiques, on sacrifiait des animaux : moutons, brebis, vaches, colombes... Chaque divinité a ses préférences. Asclépios réclame des coqs, Artémis et Aphrodite des chèvres, Poséidon des taureaux... En général on sacrifie des animaux femelles aux déesses et aux dieux des mâles ; aux dieux de l'Olympe des animaux blancs, aux dieux « d'en bas », c'est-à-dire des Enfers, des animaux noirs et stériles. La victime du sacrifice ne doit présenter aucun défaut ; ce serait une insulte aux dieux. Le plus souvent, surtout en ce qui concerne les gros animaux, c'est la cité qui offre le sacrifice, soit à date fixe, soit pour un événement extraordinaire. Il est parfois nécessaire de faire un triple sacrifice, par exemple pour Poséidon un taureau, un bélier et un verrat, ou même de pratiquer une hécatombe, c'est-à-dire le sacrifice de cent bœufs.
Le sacrifice commence à l'aube. L'autel et la victime sont décorés. L'animal doit sembler venir de son plein gré. Le prêtre asperge d'eau victime et assistants puis on allume un feu où l'on brûle des grains d'orge et quelques poils de la tête de l'animal. Puis on prie le dieu auquel on offre le sacrifice et l'on égorge la victime.
Le sang doit couler sur l'autel. On découpe l'animal. On brûle en l'honneur des dieux un petit morceau de cuisse et de la graisse pour qu'ils profitent du fumet du sacrifice.
Le reste est partagé entre les participants qui le consomment.
C'est même parfois pour certains une des seules occasions de manger de la viande, surtout de la viande rouge.
Dans certains cas, purification, sacrifice aux morts ou aux dieux d'en bas, on brûle la victime tout entière : c'est un holocauste.
Les sacrifices, comme les processions, les concours sportifs ou théâtraux, rythment la vie religieuse de la cité. Participer à un sacrifice, c'est participer à la vie sociale de la cité. Seuls les hommes, libres et de surcroît citoyens, peuvent le faire.

camoufle l'entrée de la caverne et le bétail y reste à l'insu de tous. Hermès retourne tranquillement auprès de sa mère, emportant avec lui les peaux des deux vaches sacrifiées. Sur le seuil de son rustique logis, il trouve une carapace de tortue. Il la prend, l'observe et soudain l'inspiration le saisit. Sur la carapace il tend les boyaux des deux vaches. Il en fait sept cordes, en l'honneur de sa mère et de ses six sœurs. Quand on pince les cordes, l'instrument rend des sons harmonieux : Hermès vient d'inventer la lyre. Ravi de son premier jouet, le jeune dieu retourne se coucher dans son berceau et s'endort du sommeil du juste.

Apollon chercha ses vaches dans toute la Grèce, du nord de la Thessalie au sud du Péloponnèse : rien ! Il mit à leur recherche toutes les divinités champêtres qu'il rencontra : satyres, silènes et nymphes mais personne ne put lui donner de nouvelles de son bétail. La seule information étonnante fut que certains avaient entendu une musique inouïe vers le mont Cyllène... Apollon en fut-il intrigué ? Ou dut-il faire appel à son don de divination ? On ne sait. Mais le dieu finit par parvenir au logis de Maïa.

Apollon l'interpelle :

– Ton fils m'a volé des animaux : une partie du troupeau que je garde et qui n'est pas à moi. Je dois en rendre compte à mon maître. Tu es au courant, je suppose, de la punition que m'a infligée Zeus[1].

– Oui, bien sûr ! Et sois certain que je compatis, cher Apollon, mais tes accusations me paraissent absurdes.

1→ Voir le mythe d'Apollon, page 134. Lire également le mythe d'Alceste dans *Héros de la mythologie grecque* (Folio Junior Les universels).

Mon fils vient de naître. Comment veux-tu qu'il soit sorti de son berceau et qu'il ait parcouru la campagne pour te voler des vaches ? Il dort au fond de la grotte ; viens voir toi-même.

Apollon voit en effet un enfant endormi très innocemment dans une corbeille. Il va se retirer sur la pointe des pieds quand il remarque, près d'une paroi, deux peaux qu'il reconnaît parfaitement : un bon pasteur connaît toutes ses bêtes ! Il prend l'enfant dans ses bras et l'emporte sur l'Olympe, avec les preuves de son larcin, pour se plaindre à Zeus.

Celui-ci est très amusé et aussi, faut-il le dire, très fier des exploits de son dernier fils. Cependant il cache son sourire dans sa barbe et ordonne très fermement à Hermès de rendre le bétail à son frère. Hermès obéit au maître des dieux et conduit donc Apollon à la grotte où sont cachés les animaux. En chemin, il accompagne leurs pas en jouant de la lyre, et Apollon, le dieu musicien, est charmé par ces nouvelles sonorités. Hermès lui rend les génisses et le taureau mais que faire pour les deux vaches manquantes ?

– Et pourquoi les as-tu tuées ? demande Apollon.

– Je les ai sacrifiées en l'honneur des douze dieux de l'Olympe.

– Douze, Mais nous ne sommes que onze, me semble-t-il. Et qui est le douzième ?

– Mais… moi, cher grand frère ! Je n'ai d'ailleurs pris que ma part. Et crois-moi, j'avais pourtant grand-faim. Mais parlons d'autre chose. J'ai un marché à te proposer.

Laisse-moi le bétail et je te donnerai cette lyre qui a eu l'air de t'enchanter.

Apollon est tenté mais les vaches ne lui appartiennent pas.

– Et Admète, qu'en pensera-t-il ?

– Admète n'en souffrira pas, répond Hermès. Tu sais bien qu'avec tes soins, les vaches qui lui restent – et elles sont nombreuses – peuvent devenir deux fois plus fécondes. Le mal sera vite réparé.

C'est ainsi qu'Apollon acquit sa célèbre lyre.

Quant à Hermès, il commença à garder ses troupeaux. Mais il ne pouvait rester sans occuper son esprit subtil. Il coupa du roseau au bord d'un ruisseau et en fabriqua une flûte. Apollon entendit cette nouvelle harmonie et son oreille de musicien fut charmée une fois encore.

– S'il te plaît, demanda-t-il, donne-moi aussi cet instrument, en échange je t'offre ma houlette[1] d'or.

– Ma flûte vaut plus qu'un bâton, fût-il en or, répondit avec dédain Hermès, prêt à se lancer dans un long marchandage.

– Mais avec ce bâton, tu deviendras le dieu des pâtres et des bergers.

– Pas mal, admit Hermès, mais encore insuffisant. Je veux qu'en plus, tu m'apprennes à prédire l'avenir.

– Ça m'est impossible, répondit Apollon, mais je peux t'indiquer qui te l'enseignera.

– Marché conclu, ma flûte est à toi.

– Eh bien, rends-toi sur le mont Parnasse, trouve les

1→ Une houlette est un bâton avec lequel un berger guide son troupeau.

vieilles nourrices qui nous ont élevés, ma sœur Artémis et moi ; elles t'apprendront à prédire l'avenir à l'aide de petits cailloux.

Du haut de l'Olympe, Zeus avait suivi les « exploits » de son dernier-né.

– Que vais-je faire de toi ? Tu es très astucieux, très éloquent, tu pourras être le messager des dieux, le mien en particulier et tu seras alors le protecteur des voyageurs. Les hommes t'honoreront en installant à chaque carrefour des statues à ton effigie[1].

Cette fonction plaisait bien à Hermès. On le vêtit d'une tunique, d'un chapeau rond, à grand bord, comme en portent les voyageurs pour se protéger du soleil et de la pluie, et de sandales ailées qui lui permettaient de se déplacer plus vite que le vent. On munit son bâton d'or de rubans blancs pour indiquer son statut de messager. Zeus ajouta :

– Mais tu manques un peu de scrupules ! On ne dérobe pas ainsi le bien des autres, surtout des membres de sa famille.

– Fais de moi le gardien des biens divins. Alors je ne pourrai plus les voler.

– Voilà une bonne idée, répondit Zeus en souriant. Mais vu tes talents divers, il me semble juste que tu sois aussi le dieu des Marchands… et des Voleurs.

1→ Ces statues représentaient le buste du dieu. Au IVe siècle avant notre ère, un aristocrate athénien très connu, Alcibiade, fut jugé et dut s'exiler pour avoir émasculé les statues d'Hermès installées aux carrefours d'Athènes, ce qui était un sacrilège.

Hermès remplit de nombreuses missions pour Zeus. Le maître des dieux l'utilisa même pour ses aventures extraconjugales. C'est ainsi en particulier qu'il fut chargé de délivrer Io qu'Héra faisait surveiller par Argos[1] aux cent yeux ou qu'il inventa le stratagème destiné à tromper l'inébranlable fidélité d'Alcmène[2] : faire passer Zeus pour le mari de la belle et prendre lui-même l'apparence du valet de ce mari, Sosie. Mais on lui confie aussi des missions plus sérieuses. Hadès l'utilise pour accompagner les âmes des morts aux Enfers ; il les touche de son bâton d'or et les âmes le suivent alors sans crainte. Hermès fait donc le lien entre l'Olympe, le monde des vivants et le monde des morts.

Son esprit créatif ne lui fait jamais défaut : il montra aux dieux de l'Olympe comment faire du feu à l'aide de deux bâtons que l'on frotte l'un contre l'autre. En utilisant des osselets, il améliora le procédé qui consistait à prédire l'avenir grâce à des cailloux. Il aida les Moires à inventer l'alphabet : il créa les premières lettres en forme de coins car il avait voulu imiter le vol des grues, des oiseaux qui lui étaient consacrés. On lui attribue aussi l'invention d'arts nombreux, dans tous les domaines, de l'astronomie à la culture de l'olivier en passant par la boxe et les poids et mesures ! C'est rendre hommage à l'intelligence du dieu.

Hermès eut de nombreux enfants aux destinées fort diverses : les uns furent de célèbres voleurs, d'autres de

1→ Voir le mythe d'Héra, p. 59

2→ Lire la naissance d'Héraclès dans *Héros de la mythologie grecque* (Folio Junior Les universels).

grands inventeurs. Mais le plus célèbre fut le fils qu'il eut de la déesse Aphrodite. Cet enfant avait tiré son nom de ses deux parents : on l'appelait Hermaphrodite. C'était un très beau jeune homme. Un jour qu'il se baignait dans un lac, la nymphe des lieux tomba éperdument amoureuse de lui. Elle s'approcha et l'étreignit. Mais il ne pensait qu'à se débarrasser d'elle, essayait de détacher les bras qu'elle avait noués autour de son cou. Plus elle s'accrochait à lui, aussi étroitement que le lierre enveloppe les troncs d'arbre, plus il tentait de la repousser. Mortifiée, elle pria les dieux qu'il ne puisse aimer aucune autre jeune fille et que leurs deux corps ne soient jamais plus séparés. Sa prière fut exaucée et son corps se fondit dans celui d'Hermaphrodite qui prit une double nature : un androgyne[1].

1→ Le mot *androgyne* en grec signifie précisément « homme-femme ».

Dionysos

La naissance de Dionysos

Héra est furieuse. Zeus s'est amouraché d'une autre femme : la belle Sémélé, la fille de Cadmos et d'Harmonie[1] qui règnent sur Thèbes. Pire encore, Sémélé est enceinte. Ainsi, même si cette aventure amoureuse ne dure pas plus que les autres, laissera-t-elle des traces durables qui humilieront l'épouse légitime de Zeus. Pour éviter pareil affront, la déesse décide d'agir vite. Elle prend les traits de la vieille nourrice de Sémélé, voilant ses tempes de cheveux blancs, marquant sa peau de rides, et s'avance d'un pas tremblant vers la jeune femme. Devisant longuement avec elle, elle l'amène à parler de son divin amant.

– Il t'a dit qu'il était Zeus, lui glisse-t-elle insidieusement. Certes ! Mais quelle preuve t'a-t-il donnée ? Et si c'était un imposteur, un simple mortel qui abuse de ta crédulité ?

– Mais comment le saurai-je ? répond Sémélé, soudain inquiète.

– J'ai une idée, murmure la vieille femme. Voici ce que tu vas faire.

Et elle lui parle longuement à l'oreille.

La naïve princesse n'imagine pas le piège qui lui est tendu. La nuit suivante, elle se jette au cou de son amant et lui demande une faveur.

1• Cadmos est le fondateur de Thèbes. On peut lire son histoire dans *Héros de la mythologie grecque* (Folio Junior Les universels). Harmonie est la fille d'Arès et d'Aphrodite.

– Tout ce que tu voudras, répond Zeus, attendri.

– Jure !

– Par le Styx, le serment le plus sacré des dieux, je te le jure.

– Eh bien, reprend Sémélé, montre-toi à moi dans toute ta gloire, comme tu te montres à Héra sur l'Olympe, et je serai sûre que tu ne m'as pas menti et que tu es bien le maître tout-puissant des dieux.

Zeus est atterré. Quelle idée folle avait eue son amante ! Il aurait voulu arrêter les mots sur ses lèvres mais il est trop tard. Elle a proféré son souhait et lui son serment. Il doit s'exécuter. Il gémit et, empli de chagrin, il gagne les hauteurs du ciel. Alors, d'un simple regard, Zeus assemble les tempêtes mêlées aux vents, les éclairs, le tonnerre et les foudres. Et dans ce terrible équipage, le dieu pénètre dans le palais de Cadmos.

Le corps d'une mortelle ne peut supporter un tel tumulte céleste et Sémélé tombe, foudroyée. Mais l'enfant qu'elle porte vit encore. Vite, Zeus l'arrache au sein de sa mère et le coud dans sa cuisse avec des agrafes d'or. Ainsi pourra-t-il grandir sans attirer l'attention d'Héra. Puis, en temps voulu, Zeus fait sortir de sa cuisse un enfant parfaitement formé. C'est le petit Dionysos, qu'il fait élever par Ino, la sœur de Sémélé. Hermès confie l'enfant à sa tante en lui recommandant de l'habiller de vêtements de petite fille pour tromper l'irascible Héra. Mais ses efforts sont vains ! On n'abuse pas ainsi la vénérable déesse. Pour punir Ino et son mari de leur complicité avec Zeus, elle les frappe tous deux de folie et les conduit à tuer leurs propres enfants : le père prend son fils pour une bête fauve et le massacre, si bien que la mère, désespérée, se jette à la mer avec son nourrisson. Heureusement pour eux, Poséidon, pris de pitié, les transforme tous deux en divinités marines.

Zeus reprend donc Dionysos et, cette fois, choisit une cachette plus lointaine : en Asie ou chez son peuple préféré, les Éthiopiens. Personne ne le sait exactement, tant cette cachette est sûre. Il le confie à des nymphes et, pour plus de sûreté, le transforme en chevreau. Il a pour précepteur Silène, un satyre fort laid d'apparence mais d'une grande sagesse. Nourri de miel et tendrement aimé, il devient adulte et peut reprendre sa forme originelle. Il parcourt le monde et donne aux mortels la vigne. Il leur apprend aussi à faire le vin qui réjouit les cœurs dans les banquets.

Mais la colère d'Héra ne s'est pas éteinte avec le temps. Elle reconnaît en Dionysos le fils de Zeus et de Sémélé. Elle réussit à le frapper de folie et il erre de l'Égypte à la Syrie. Ce n'est que bien des années plus tard, arrivé en Phrygie, qu'il pourra être guéri par la grande déesse adorée par les Phrygiens : Cybèle. C'est la mère de la végétation, elle est couronnée de tours et se déplace dans un char tiré par des lions. Les Grecs croient qu'en fait cette déesse n'est autre que Rhéa, la mère de Zeus. Pour guérir Dionysos, elle le purifie et l'initie à son culte.

Vêtu d'une longue robe, comme un prêtre d'Asie Mineure, portant comme emblème un thyrse, c'est-à-dire un bâton entouré de lierre et surmonté d'une pomme de pin, couronné de pampre[1], Dionysos, après avoir conquis l'Inde et fait triompher son culte dans toute l'Asie Mineure, revient vers sa terre natale. Il se déplace dans un char tiré par des panthères et est suivi d'un bruyant cortège de satyres fort laids: imaginez des boucs poilus, debout sur leurs pattes arrière, le haut du corps humain, le visage riant et grimaçant, une coupe de vin à la main, toujours prêts à boire ou à poursuivre une nymphe. Le fils qu'Aphrodite a donné à Dionysos suit le cortège. C'est Priape à la virilité triomphante. Des divinités, les Ménades, suivent aussi le cortège. Au son du tambourin, des cymbales et de la double flûte, elles dansent autour du char de Dionysos, couronnées de lierre et de pampre, vêtues de voiles légers. Leurs danses sont agitées et violentes car elles sont inspirées et possédées par l'esprit du dieu. Elles commandent aux fauves et on les voit parfois chevaucher des panthères. Des femmes, qu'on nomme Bacchantes – d'après un des surnoms de Dionysos, Bacchos –, imitent ces déesses, errant dans la campagne autour du char divin.

Pan

Il est un dieu qui se joint parfois au cortège triomphal de Dionysos. C'est Pan, qu'honorent tout spécialement les bergers d'Arcadie. Qui sont ses parents ? Cela reste obscur. Est-il le fils de Zeus, d'Hermès ou d'un autre dieu ? On prétend que sa

1→ Le pampre est une branche de vigne avec ses feuilles et ses grappes.

mère, effrayée par sa laideur, l'aurait abandonné à sa naissance et qu'Hermès l'aurait enveloppé dans une peau de lièvre et porté sur l'Olympe. Son apparence aurait fait rire les dieux, il leur aurait plu, et surtout à Dionysos car il ressemble aux satyres, de corps et d'apparence. Il a le visage barbu, deux petites cornes sur le front, un air de ruse. Il court très vite sur ses pattes de bouc, sèches et nerveuses. Il garde ses troupeaux dans les collines d'Arcadie et l'été, il aime à se prélasser sous l'ombre des grands arbres, près des sources. Il peut guetter le passage des nymphes et les attirer en jouant de la flûte. Et d'ailleurs cette flûte a une histoire.

Dans les froides montagnes d'Arcadie, il était une naïade[1] nommée Syrinx. Elle souhaitait rendre hommage à la déesse Artémis en suivant son exemple et en restant chaste. Elle avait déjà échappé plusieurs fois aux poursuites des Satyres et des dieux de toute sorte. Comme elle revenait de la montagne vêtue d'une courte tunique de chasse et armée de son arc, elle croisa Pan qui menait ses chèvres, la tête hérissée d'une couronne de branches de pin. Le dieu fut séduit par sa beauté et la pria de rester avec lui un moment. Elle le dédaigna et continua sa route. Il la supplia :

– Reste, viens parler avec moi, je ne veux rien de plus. Juste quelques mots...

Mais en vain. Lâchant arc et gibier, Syrinx ne pensait

1→ Une naïade est une divinité des sources et des rivières.

plus qu'à fuir. Le dieu, fou d'amour, se rua à sa poursuite. La jeune fille courait à perdre haleine mais elle fut soudain arrêtée par un fleuve dont les eaux, bien que paisibles, étaient trop profondes pour elle. Elle supplia Artémis de lui venir en aide et la déesse l'exauça en la métamorphosant. Pan, qui croyait déjà mettre la main sur son corps charmant, ne saisit qu'un bouquet de roseaux. Déconfit, il gémissait et il lui sembla que les roseaux lui répondaient. Le dieu fut charmé de ce son nouveau. Il coupa quelques tiges inégales qu'il assembla entre elles et colla avec de la cire d'abeille.

– C'est ainsi, dit-il, que ma conversation avec toi se poursuivra.

Et il se mit à jouer de ce nouvel instrument, qu'il appela syrinx, en souvenir de la naïade, et que l'on appelle maintenant flûte de Pan[1].

Midas

Le vieux Silène, le précepteur de Dionysos, aime, lui aussi, promener sa laideur dans ce cortège. On le voit courbé sur son âne, avec son gros ventre, toujours à moitié ivre, le regard fou, ses grosses lèvres toujours prêtes à rire. Mais qu'on ne s'y trompe pas ! Il est plein de sagesse et tous recherchent son savoir.

Ce jour-là, Silène n'était pas dans le cortège. Titubant sous l'effet de trop nombreuses coupes de vin, il était allé

1→ Une légende veut qu'au Ier siècle avant notre ère, un navigateur ait entendu une voix mystérieuse lui annoncer : « Le grand Pan est mort ! »

s'allonger sous l'ombre d'un arbre. Des paysans phrygiens l'avaient trouvé endormi et, sans le reconnaître, l'avaient amené, enchaîné, à leur roi, Midas. Celui-ci reconnut le compagnon de Dionysos, l'invita dans son palais pour qu'il lui enseigne sa sagesse. Leurs entretiens, entrecoupés de festins, durèrent une semaine, puis le roi raccompagna Silène auprès du dieu. Ravi de revoir son vieux maître, Dionysos proposa à Midas d'exaucer un de ses vœux. Mais les leçons de philosophie du vieux Silène n'avaient pas dû pénétrer assez profondément dans l'esprit du roi, car voici ce qu'il demanda au dieu :

– Fais que tout ce que je touche soit changé en or.

– Est-ce vraiment ce que tu désires ? demanda le dieu, peiné de ce mauvais choix. Eh bien, soit !

Le roi quitta Dionysos, tout réjoui. Il touchait tout ce qui passait à sa portée pour s'assurer de son pouvoir : une branche verdissante ? Elle devenait d'or. Un caillou au bord de la rivière ? Il prenait aussitôt la teinte fauve de l'or. Des épis desséchés ? Il en faisait une moisson d'or. Des pommes ? On aurait dit les fruits du jardin des Hespérides[1]. Il était ravi ! Il parcourut toutes les pièces de son palais en touchant chaque objet, pour en faire un décor étincelant. Il se félicitait de toutes les possibilités que lui ouvrait ce nouveau pouvoir. Mais cette agitation lui donna faim. Il fit apporter son repas et s'installa devant des tables chargées de mets appétissants. Mais quand il porta une

1→ Voir le mythe d'Héra, p. 57.

tranche de pain à sa bouche, c'est dans une feuille d'or qu'il mordit. Quand il but de l'eau mélangée à du vin, ce fut de l'or liquide qui coula dans sa gorge. Et tous les aliments, viandes, légumes et fruits, connaissaient la même transformation. Frappé de stupeur, il ne savait que faire. Avec toutes ses richesses, le roi Midas mourait de faim ! Alors il comprit sa sottise et adressa cette prière au dieu :

– Ô Dionysos, pardonne-moi pour ma sottise mais aie pitié de moi ! Délivre-moi de ce pouvoir, funeste malgré les apparences.

Dionysos n'était pas dépourvu de bonté.

– Va jusqu'au fleuve voisin de ta capitale, répondit-il, et remonte-le jusqu'à sa source. Là, tu mettras ta tête dans l'eau écumante. Laves-y ton corps et du même coup tu effaceras ta faute.

Midas fut délivré et depuis ce jour ce fleuve, le Pactole, roule encore de l'or dans ses flots.

Le retour de Dionysos

Suivi de son cortège triomphal, Dionysos décide de retourner à Thèbes pour se recueillir sur le tombeau de sa mère. Il avait entendu dire que ses sœurs calomniaient sa mémoire, niant qu'elle eût reçu l'amour du roi des dieux. Et partout, sur son passage, il faisait connaître son culte et introduisait les Bacchanales : les participants, hommes et surtout femmes, se répandaient la nuit dans les campagnes. Ils dansaient, entraient en transe et, avec des torches, donnaient la chasse à des animaux dont ils mangeaient la chair crue. Mais ce culte nouveau inquiétait souvent les dirigeants des pays que traversait Dionysos car les possédés du dieu échappaient à tout contrôle. Ils essayaient souvent d'interdire ce culte, ne croyant pas vraiment à la divinité de Dionysos qu'ils prenaient plutôt pour un fou ou un dangereux agitateur. Mais le dieu les punissait en les frappant de folie.

Ainsi, en revenant d'Asie pour se rendre à Thèbes, Dionysos passe par la Thrace. Le roi Lycurgue le reçoit fort mal. Il n'hésite pas à emprisonner les Satyres et les Bacchantes qui l'accompagnent. Il va jusqu'à poursuivre le dieu qui est obligé de sauter à la mer pour se réfugier chez Thétis, la déesse marine. De retour à son palais, Lycurgue veut s'en prendre aux compagnons du dieu, mais ils sont mystérieusement détachés et délivrés de leur prison. Le roi n'a pas le temps de réfléchir à ce miracle car Dionysos le frappe de folie. Lycurgue devient enragé. Il rend le vin responsable de toutes ces étrangetés et décide d'abattre tous les ceps de vigne. Il se saisit d'une hache et commence son œuvre de destruction. Mais ce qu'il prend pour des ceps, c'est d'abord sa propre jambe puis son fils qu'il coupe en morceaux. Face à un tel crime, la punition divine ne se fait pas attendre : la terre de Thrace devient stérile et ses habitants commencent à mourir de faim. Ils vont alors consulter un oracle qui leur ordonne de faire écarteler leur roi pour effacer sa faute et rendre ainsi la fécondité à la terre. Tel est le triste destin d'un homme qui voulut ignorer la divinité de Dionysos.

Agavé et Penthée

Mais cet exemple ne suffit pas à Penthée, le cousin de Dionysos, qui succède au vieux Cadmos, à la tête de la cité de Thèbes. Il ne croit pas plus aux prédictions du devin Tirésias :

– Ton cousin, le fils de Sémélé, qui est revenu prier sur la tombe de sa mère, est un dieu, lui assure le devin. C'est bien le fils de Zeus. Accueille-le comme tel. Si tu dédaignes de l'honorer, si tu ne lui bâtis pas de temple, crois-moi, tu le regretteras. Ta mort est certaine, si tu ne le laisses pas pratiquer son culte dans nos forêts.

Mais le roi Penthée ne veut rien entendre ; il ne songe qu'au moyen de stopper les progrès de ce nouveau culte dans Thèbes. En effet, tous sont pris de cette fureur religieuse et sont montés sur le Cithéron, le mont voisin de Thèbes, avec les thyrses, les instruments de musique et les torches enflammées. Même Tirésias, l'oracle d'Apollon, tout aveugle qu'il soit. Il est conduit par le vieux Cadmos lui-même. Agavé, la mère de Penthée, accompagnée de ses sœurs, a couru avec les autres, possédée par ce dieu dont elles avaient calomnié la mère, ne voulant pas admettre son union avec Zeus. Penthée ne veut pas les suivre. Il ordonne à ses gardes d'aller chercher Dionysos, qui s'est rendu sur le tertre où sont enterrées les cendres de sa mère. Là pousse une vigne et brille une flamme éternelle. Quand on lui amène son cousin, il se moque de son costume oriental, de ses longues boucles de cheveux et de sa prétendue divinité. Il ordonne d'emprisonner Dionysos et les Bacchantes dont il fera ses esclaves. Mais, comme en Thrace, tous sont miraculeusement libérés.

Autre présage, le palais s'écroule, comme s'il y avait eu un tremblement de terre. Mais Penthée n'en tient pas compte. Enfin, on vient annoncer au roi que sa mère, ses tantes et toutes les femmes de Thèbes, même les plus respectables, sont prises de folie et tuent les vaches et les génisses qui paissent sur le Cithéron. Quelques hommes, qui ont gardé leur raison, tentent bien de les en empêcher en les criblant de flèches, mais aucune ne semble atteindre les femmes en délire. Le roi décide d'y mettre bon ordre. Mais pour parvenir jusqu'à elles, sur les conseils de Dionysos, il s'habille en costume oriental, d'une longue robe, se pare de lierre et laisse flotter sa chevelure dénouée. Il a honte de ce costume trop féminin mais, lui assure malicieusement Dionysos, c'est la seule façon d'approcher les Bacchantes. Penthée se rend à ses raisons et va se préparer. Le dieu se réjouit.

– Tu es tombé dans mes filets, mon cousin, pense le dieu. D'abord tout Thèbes va rire de ton étrange costume. Ensuite… ensuite tu seras puni, espèce d'arrogant ! Tu apprendras à ne pas te moquer d'un dieu.

Penthée et Dionysos montent sur le Cithéron. Ils arrivent dans une clairière où se reposent les femmes après leur carnage. Le dieu aide Penthée à grimper sur un pin pour mieux voir ce qui se passe. Puis il se rend invisible et appelle les femmes :

– Femmes, je vous amène celui qui vous bafoue. Vengez-vous !

Aussitôt, prises de fureur, elles se dressent, regardent de tous côtés et s'élancent, la reine à leur tête. Elles lancent contre lui des pierres, des branches ou leurs thyrses pour le transpercer mais il est hors d'atteinte. Alors toutes ces femmes unissent leurs faibles forces pour abattre le pin. Elles saisissent le roi. Sa mère et ses tantes à leur tête sont les plus déchaînées. Il tente bien de se faire reconnaître mais elles ne sont plus en état de l'entendre ; la bouche écumante, les yeux égarés, elles le dépècent de leurs ongles. Agavé rapporte même triomphalement ses restes ensanglantés à Thèbes, croyant avoir chassé et tué un lion. Quand le délire la quitte, quel n'est pas son désespoir de s'apercevoir qu'elle a tué son propre fils ! Et de si horrible façon ! Mais c'est la punition que Dionysos a imaginée pour celle qui avait calomnié Sémélé.

Le voyage vers Naxos

Toujours désireux d'étendre son culte, le dieu décide de se rendre sur l'île de Naxos. Il se renseigne donc pour trouver un passage sur un navire. Des marins de Tyr acceptent de l'embarquer mais ce sont des pirates. Et, au lieu de se diriger vers Naxos, ils font voile vers l'Asie où ils pensent pouvoir vendre leur passager comme esclave. Cela leur paraît sans danger, celui-ci semblant envahi par une douce ivresse. Mais le dieu s'éveille, jette un regard sur la mer.

– Où allez-vous donc, matelots ? gémit-il. Ce ne sont pas là les rivages annoncés.

Eux ne font qu'en rire mais, soudain, les moqueries s'étranglent dans leur gorge. Le navire s'est arrêté sur les flots. Stupéfaits ils s'obstinent, frappent l'eau de leurs rames, déploient les voiles. Alors du lierre se met à ramper sur leurs rames, sur le gouvernail, s'enchevêtre et stoppe le mouvement du navire. Des vrilles de vigne montent le long du mât et s'entortillent autour des voiles. Et le dieu apparaît alors dans toute sa splendeur, le thyrse à la main et couronné de feuillage. Autour de lui sont couchés des tigres, des lynx et de féroces panthères. Fous de peur, les pirates se jettent à l'eau et se transforment aussitôt en dauphins.

Le dieu leur donna des remords. Ils voulurent se racheter de tous leurs crimes et c'est depuis ce jour que les dauphins aident les naufragés à rejoindre la terre.

La descente aux Enfers et la montée vers l'Olympe

À présent, le culte de Dionysos est bien installé en Grèce. Le dieu est vénéré pour ses dons et ses miracles, mais une seule chose l'empêche de prendre place sur l'Olympe avec les autres dieux : il veut sauver sa mère des Enfers et l'emmener chez les dieux. Il descend donc chez Hadès, par une voie rapide : le lac de Lerne. C'est un lac sans fond, protégée par l'hydre que tuera plus tard Héraclès, mais le dieu n'en a cure. Il parvient auprès d'Hadès et lui fait sa demande. Mais Hadès ne lâche jamais ses proies. Ce n'est pas pour rien qu'on l'appelle l'impitoyable. Cependant en faveur de Dionysos, un neveu, dont il a pu constater la puissance, il veut bien faire un geste.

– Je libère Sémélé. Soit ! Mais en échange, tu dois me donner quelque chose. Et pas n'importe quel cadeau. Quelque chose à quoi tu tiens beaucoup.

Du culte de Dionysos à la naissance du théâtre

Le culte de Dionysos, comme le laissent deviner ses mythes, est originaire du Moyen-Orient puis s'est répandu en Grèce. C'est un culte à mystères, c'est-à-dire qu'il faut être initié pour y participer. Des groupes de fidèles, saisis par l'extase mystique, comme possédés par le dieu, sortent de nuit dans la campagne, pour des orgies (en grec le mot signifie « rites ») : ils courent en s'éclairant de torches, pratiquent des danses très désordonnées, chassent de petits animaux qu'ils dévorent crus. Ce culte fut pratiqué très longtemps en Grèce et même dans les campagnes romaines et ne sera interdit qu'en 186 après Jésus-Christ. Très populaire, c'est une religion qui ne fait intervenir ni la famille ni la cité. C'est sans doute pourquoi les mythes laissent apparaître l'inquiétude des gouvernants, d'autant que les groupes qui pratiquaient ces Bacchanales étaient difficilement contrôlables. Si Dionysos est souvent associé à la folie, c'est sans doute pour montrer l'effet ambigu du vin : élever l'homme ou le rabaisser au rang d'animal. On l'a souvent opposé au dieu de la mesure et de l'ordre qu'est Apollon mais les deux sont souvent liés ; ainsi Dionysos est-il censé remplacer Apollon à Delphes, l'hiver pendant l'absence de ce dernier.

À Athènes, on célébrait quatre fêtes de Dionysos par an. Deux l'hiver : les Dionysies des champs et les Lénéennes, une en mars, les Anthestéries, à l'occasion desquelles on ouvrait d'abord les jarres de vin nouveau et l'on célébrait les forces de vie. Cependant, ensuite on faisait des offrandes et des libations aux morts qui venaient hanter les vivants. Cela fait apparaître le double aspect de Dionysos, un dieu de la végétation mais également lié au monde infernal.

En avril étaient célébrées les Grandes Dionysies. Cette fête était la plus solennelle et durait six jours. Il y avait un cortège avec des masques et un défilé de taureaux consacrés au dieu. On promenait la statue du dieu jusqu'au théâtre de Dionysos, au flanc de l'Acropole et, après l'hécatombe[1],

1→ Voir p. 102 et 146.

on organisait, en l'honneur du dieu, des concours de théâtre puis un *kômos*, c'est-à-dire une fête dans les rues avec des chants et des danses. C'est en Grèce antique qu'est né le théâtre, issu du culte de Dionysos. En Grèce, les représentations dramatiques avaient toujours une dimension sacrée. Elles avaient lieu lors de fêtes religieuses. C'est pourquoi tout délit commis au théâtre relevait du sacrilège. Les dithyrambes, qui sont des drames chantés par des chœurs, puis la tragédie, auraient été d'abord des récits des aventures du dieu, comme on en a la trace dans la tragédie d'Euripide, *Les Bacchantes*. La comédie serait issue du tumultueux *kômos* du dieu. Les plaisanteries que les participants y échangeaient avec les spectateurs se seraient ritualisées et transformées. On dit aussi que le masque de théâtre et le costume tragique sont le perfectionnement des travestissements rituels du culte dionysiaque. Les premières tragédies sont nées dans le Péloponnèse. Au VIe siècle avant notre ère, Thespis les introduisit à Athènes où le genre connut très vite un grand succès. Il n'y eut d'abord qu'un seul acteur. Le dramaturge Eschyle en ajouta un deuxième, un siècle plus tard, puis Sophocle un troisième. Les acteurs jouaient plusieurs rôles, y compris ceux de femmes car celles-ci ne pouvaient monter sur scène. Un chœur chantait entre les épisodes dramatiques. Les représentations n'étaient pas isolées. Elles donnaient lieu à des concours. Ainsi chaque auteur tragique devait-il présenter une trilogie de tragédies plus un drame satyrique. (L'adjectif évoque les satyres, compagnons du dieu.) Et ils étaient plusieurs à concourir. Le prix du gagnant était une simple couronne de lierre. Les spectateurs arrivaient le matin au théâtre avec leur nourriture, en habits de fête et couronnés, et n'en sortaient que le soir. Et cela durait plusieurs jours. L'organisation des concours était assurée par de riches citoyens qui payaient ainsi leur impôt.

Dionysos n'hésite pas. Pour sauver sa mère et l'emmener sur l'Olympe où elle deviendra immortelle, il donne à Hadès une de ses plantes favorites : le myrte, dont aimaient à se couronner ses initiés. Depuis lors, c'est une plante consacrée aux morts.

Dionysos fut bien accueilli sur l'Olympe. C'est un plaisant convive. Héra n'apprécia pas trop sa présence ni celle de sa mère. Mais celle-ci, une fois immortelle, changea de nom et Héra put sauver sa dignité en feignant de ne pas la reconnaître. Le dieu joua un grand rôle dans la guerre contre les géants, assommant ses adversaires avec son thyrse. Il ne lui manquait plus que de prendre une épouse. Il la trouva en descendant à Naxos, l'île qu'il affectionnait. Sur une plage, il aperçut Ariane, éplorée, abandonnée par Thésée pour qui elle avait quitté sa famille et la Crète. Elle lui avait donné le fil qui lui avait permis d'atteindre le Minotaure au cœur du labyrinthe et en échange il lui avait promis de l'épouser et de l'amener à Athènes[1]. Mais elle avait vu s'éloigner le navire de l'infidèle et restait là, sans force, en se laissant mourir de faim. Le dieu fut fasciné par la beauté d'Ariane ; il l'épousa sur-le-champ et l'emmena avec lui. Comme cadeau de noces, il lui offrit un diadème d'or fabriqué et ciselé par l'art d'Héphaïstos. Ce bijou était si magnifique qu'il figura ensuite parmi les constellations.

1→ Lire le mythe de Thésée dans *Héros de la mythologie grecque* (Folio Junior Les universels).

LES ENFANTS D'OURANOS

Aphrodite

Aphrodite est nommée « la céleste Aphrodite » car elle est fille d'Ouranos, le Ciel. Quand Cronos émascula son père pour régner à sa place, les attributs virils d'Ouranos tombèrent dans la mer. Autour se forma une écume et, de cette écume, naquit la déesse. Elle surgit de la mer, nue, portée par un coquillage géant qui la déposa sur l'île de Cythère. Puis Zéphyr, le vent d'ouest, la poussa jusqu'à l'île de Chypre où l'accueillirent les Heures[1], qui la parèrent et la vêtirent. Lorsqu'elle marchait, le gazon poussait et tout fleurissait sous ses pas.

Sa beauté est sans pareille. Les poètes chantent son sourire, ses yeux de lumière, sa gorge splendide et sa peau éblouissante de blancheur. On la nomme Aphrodite d'or. Elle est, dit-on, aussi douce que le miel. Entourée de colombes et de moineaux, elle s'envola avec les Heures, qui la conduisirent sur l'Olympe où elle fut accueillie de bon gré par les immortels. Aucun dieu ne resta insensible à son charme et Zeus en fit sa fille adoptive. Il lui donna une ceinture magique qui la rendait encore plus irrésistible. Toutes les déesses cherchaient à la lui emprunter mais elle

1→ Les Heures sont trois divinités de la nature, qui correspondent aux trois saisons. Filles de Zeus et de Thémis (la justice), elles sont aussi les garantes de l'ordre social. Elles sont les sœurs des Moires. Voir note 2 p. 29 et note 1, p. 84.

ne la prêtait pas facilement, sauf parfois à Héra, quand celle-ci voulait faire du charme à son divin époux, pour obtenir de lui une faveur.

Aphrodite ne s'occupe d'aucun ouvrage : elle ne tisse pas, elle ne file pas, ne se bat pas, ne se mêle d'aucune guerre. Mais cela ne veut pas dire qu'elle n'en provoque pas car son destin, imposé par les Moires, est « le doux plaisir, la tendresse et la douceur ». Malheureusement, ni les dieux ni les mortels ne savent aimer sans jalousie ni désir de possession ! Ainsi Aphrodite est-elle la cause de la guerre de Troie. Lors des noces de Thétis et Pélée[1], sur l'Olympe, Éris, la terrible Discorde, qui se glissait toujours dans les banquets bien qu'on ne l'invitât pas, sema le trouble entre les déesses en jetant sur la table du banquet une pomme d'or :

– Cette pomme est destinée à la plus belle des déesses.

Elle n'en dit pas plus. Aussitôt, sous les yeux de Zeus consterné, commença une épouvantable querelle. Trois déesses, et pas des moindres, Héra, Athéna et Aphrodite se disputaient la pomme. Aucun dieu n'eut l'imprudence de prendre parti et Zeus envoya Hermès sur terre pour trouver un juge.

Pâris, le fils de Priam, le roi de Troie, gardait justement les troupeaux de son père, sur les pentes du mont Ida. C'était un charmant jeune homme, aux traits réguliers, à

1→ Thétis était une fille du vieillard de la mer, Nérée. Poséidon et Zeus se disputaient ses faveurs mais on leur prédit que le fils de Thétis serait plus puissant que son père. Les dieux décidèrent alors de lui faire épouser un prince thessalien : Pélée. Et leur fils fut Achille, le héros grec de la guerre de Troie.

la chevelure magnifique. Il surveillait nonchalamment ses génisses en jouant de la cithare. Hermès pensa qu'il devait être un parfait connaisseur de femmes et lui confia la mission de donner la pomme à la plus belle des déesses. Bouche bée, le jeune prince voit devant lui Héra, toute glorieuse d'être l'épouse du roi des dieux, Athéna dans son armure majestueuse et enfin Aphrodite, gracieuse avec ses voiles chatoyants. Pour hâter son choix, elles lui font des promesses : Athéna lui propose de conquérir la Grèce, Héra de régner sur l'Europe et l'Asie. Mais Aphrodite lui offre l'amour de la plus belle femme du monde, Hélène. Pâris tend la pomme à Aphrodite et part pour Sparte chercher sa récompense. Or Hélène était mariée au puissant roi de Sparte, Ménélas, qui avait fait alliance avec de nombreux princes grecs…

Aphrodite ne pardonne pas à ceux qui croient pouvoir résister à l'amour : elle les punit atrocement. Hippolyte, le fils de Thésée, souhaitait rester chaste pour honorer Artémis, la déesse vierge. Il finit maudit par son père et piétiné par ses chevaux. Après la mort de son épouse, Orphée ne s'intéressait plus à aucune autre femme : il fut découpé en morceaux par des femmes en transe. Les habitants de Lemnos ne l'honoraient pas : la déesse donne aux femmes une odeur insupportable. Aussitôt leurs maris les délaissent pour des esclaves thraces. Les femmes se vengent en tuant tous les hommes de l'île. Tous, hommes et dieux, doivent se plier aux lois de l'amour. Mais que de victimes fit la déesse ! Surtout parmi les femmes : Médée, qui, folle d'amour pour son époux, Jason, tua ses propres enfants par jalousie ! Pasiphaé, reine de Crète, désirant un taureau et mettant au monde un monstre cannibale, humain à tête de taureau. Et ses filles ! Ariane, abandonnée par Thésée sur une île déserte. Phèdre, épouse de Thésée, amoureuse de son beau-fils Hippolyte[1]. Toutes trois innocentes mais payant pour la faute de leur ancêtre, le Soleil, qui avait dévoilé les amours coupables d'Aphrodite et d'Arès.

Zeus a marié Aphrodite à Héphaïstos. Mais ce boiteux, contrefait, toujours couvert de poussière et de sueur, ne lui plaît guère. Elle ne lui donnera aucun enfant. Elle lui préfère les bras d'Arès, le dieu de la guerre au visage harmonieux et aux muscles puissants. D'Arès, elle aura trois enfants : Déimos et Phobos[2], qui accompagnent leur père au combat, et la belle Harmonie aux grands yeux. Et même quand Héphaïstos lui aura causé cette immense honte publique de l'exposer dans un filet avec son amant[3], elle continuera à se rendre en Thrace, pour le voir en cachette. La déesse aura aussi de la tendresse pour Poséidon, pour Dionysos et pour Hermès auxquels elle donnera aussi des enfants.

Son fils le plus célèbre est Éros, l'Amour : armé de flèches, il s'attaque à tous, hommes et dieux et, quand une de ses flèches porte, la victime tombe amoureuse. Et curieusement le mystère plane sur son père : est-ce Arès, Hermès ou Dionysos ? Aphrodite fut complaisante à tous,

1→ Tous ces mythes sont racontés dans *Héros de la mythologie grecque* (Folio Junior Les universels).
2→ Voir le mythe d'Arès, p. 138.
3→ Voir le mythe d'Héphaïstos, p. 106.

mais Héphaïstos pouvait-il espérer que la déesse de l'amour lui restât fidèle ? Et si Zeus ne céda pas à la tentation, il sentait parfois sa raison s'égarer devant le charme d'Aphrodite et lui en voulait de cette faiblesse. Pour l'humilier, il décida de la rendre amoureuse d'un humain.

Anchise

La déesse, visitant un de ses temples en Asie Mineure, rencontra donc le bel Anchise, roi des Dardaniens, qui gardait des chèvres dans la montagne. Elle vint à lui, vêtue de rouge comme une princesse phrygienne, et se donna à lui dans une simple cabane de berger, sur des peaux d'ours et de lion. Elle lui fit jurer de ne rien dire à personne. Mais les jeunes gens sont vaniteux et étourdis ! Anchise ne put s'empêcher de se vanter de cette conquête. Aussitôt, Zeus brandit son foudre et frappa. Aphrodite réussit à détourner le coup et Anchise ne fut qu'effleuré du vent de son foudre. Mais le jeune homme perdit un œil, et fut incapable dorénavant de se tenir droit. On ne le nommerait jamais plus le bel Anchise !

Aphrodite perdit tout désir pour lui et ne l'approcha plus. Mais elle mit au monde un magnifique garçon, Énée, promis à un destin exceptionnel. Et si Anchise ne l'intéressait plus, elle garda toujours son affection à son fils, le protégeant pendant la guerre de Troie. Quand Diomède le frappe, elle le prend dans ses bras blancs pour le sauver de la mort. Diomède la poursuit en criant :

– Arrière, déesse ! Laisse là combat et carnage. Ne te suffit-il pas de détourner de faibles femmes du droit chemin ?

Et il la blesse au bras. Éperdue de douleur, elle lâche son fils qui aurait péri si Apollon ne l'avait caché dans une vapeur sombre. Arès prête son char à la déesse pour qu'elle monte se faire soigner sur l'Olympe. Aphrodite continua toutefois à veiller sur son fils. Il put ainsi se sauver de Troie en flammes, portant Anchise sur son dos, accompagné de sa femme et de son fils. Et elle le protégea aussi durant le long voyage qui le conduisit en Italie[1].

Pygmalion

Dans l'île de Chypre, les femmes menaient une vie scandaleuse. Le roi de l'île, Pygmalion, s'offusqua de leur conduite et décida de ne pas prendre d'épouse. Comme il était sculpteur, il avait façonné dans l'ivoire le plus blanc une statue à laquelle il donna un corps de femme d'une beauté surnaturelle. Pygmalion s'émerveille de sa création. Il la caresse, l'embrasse, lui apporte des présents, l'orne de voiles et de bijoux : à ses doigts, des bagues de pierres précieuses, à son cou, de longs colliers. Il en tombe amoureux fou et lui décerne le nom d'épouse, se félicitant qu'elle ne puisse jamais le tromper ou le déshonorer.

Le jour de la fête d'Aphrodite, que tout Chypre célèbre en foule, Pygmalion se tient près des autels où ont eu lieu les sacrifices. D'un ton craintif, il prie la déesse :

– S'il est vrai, ô déesse, que tu peux tout, fais en sorte que mon épouse soit semblable à ma statue d'ivoire.

1→ Lire l'histoire d'Anchise dans *Dieux et héros de la mythologie romaine* (Folio Junior Les universels).

Il n'a pas osé dire ce qu'il souhaitait vraiment : que son épouse soit sa statue d'ivoire ; mais Aphrodite, qui assistait vêtue d'or aux fêtes données en son honneur, a compris son souhait. Pygmalion rentre dans son palais. Aussitôt il court embrasser la statue. Il lui semble que les lèvres d'ivoire s'animent et qu'un cœur se met à palpiter dans sa poitrine. Miracle ! La statue lui rend son baiser, elle rosit et baisse les yeux : elle vit ! Les deux époux remercient Aphrodite qui veille sur l'heureux couple.

Adonis

L'arrière-petite-fille de Pygmalion, Myrrha, n'eut pas droit à la même bienveillance de la déesse. Pour d'obscures raisons, celle-ci la poursuivit de sa colère et lui insuffla un amour incestueux pour son père. La pauvre enfant lutte contre son amour honteux et se débat entre la honte et le désir. Comme il lui est impossible d'oublier, elle décide de se suicider pour échapper à ces pensées impies. Elle prépare une corde qu'elle attache à une poutre de sa chambre. Elle passe le lien autour de son cou en murmurant :

– Adieu, mon père chéri !

Ces quelques mots éveillent sa nourrice qui se précipite et, tremblante, la détache. Elle la supplie de lui dire ce qui la désespère :

– Je peux te délivrer de la maladie ou de la folie par des plantes, du mal par des incantations, de la colère des dieux par des sacrifices. Je t'en prie, parle-moi, dis-moi ce qui t'obsède.

À force de caresses et de menaces, elle finit par avouer

qu'elle aime mais il faut encore à la nourrice des trésors de patience pour comprendre qui elle ose aimer.

Quand les mots sortent enfin de la bouche de Myrrha, la nourrice sent ses cheveux se dresser sur la tête, mais elle a tellement d'affection pour la jeune fille qu'elle lui propose de l'aider à passer la nuit avec son père, sans qu'il se doute de rien. Tout plutôt que la voir morte !

Huit nuits durant, elle entre dans le lit de son père auquel la nourrice a fait boire du vin très fort[1]. Mais la neuvième nuit, curieux de connaître son amante, son père allume un flambeau et reconnaît sa fille. Saisi d'horreur, il se jette sur son épée pour tuer son enfant. Elle réussit à s'enfuir et court à travers champs.

Accablée de fatigue et de désespoir, elle ne sait à quel sort se vouer. Elle prie les dieux :

– Je sais que j'ai mérité mon supplice mais je n'en peux plus. J'ai aussi peur de vivre que d'affronter les juges des Enfers.

Les dieux ont pitié d'elle : ils la transforment en arbre ; un arbre à myrrhe, de l'écorce duquel s'écoule la sève, comme des larmes de la jeune femme.

Mais le tronc de l'arbre gonfle. Neuf mois plus tard, au printemps suivant, l'écorce se fissure, l'arbre pousse des gémissements et les larmes de myrrhe redoublent. Enfin, le tronc se fend, laissant apparaître un magnifique bébé.

1→ On retrouve la même trame dans la Bible, c'est l'épisode des filles de Loth. Voir *Ancien Testament I* (Folio Junior Les universels).

Aphrodite le recueille et, pour lui sauver la vie, l'enferme dans un coffre qu'elle confie à Perséphone en lui recommandant de le garder soigneusement mais de ne pas l'ouvrir. Or les déesses sont comme les mortelles, fort curieuses, et Perséphone ne fait pas exception. Elle ouvre le coffre, trouve Adonis. L'enfant est si beau qu'elle l'élève comme son fils.

Quelques années plus tard, Aphrodite veut récupérer l'enfant. Mais Perséphone ne veut pas le rendre : elle l'aime trop. Elles demandent l'arbitrage de Zeus, qui confie le jugement à sa fille la Muse Calliope. Celle-ci arbitre avec une grande équité : Adonis passera un tiers de l'année avec Perséphone, un tiers avec Aphrodite et un tiers seul. Aphrodite ne peut empêcher Perséphone de garder l'enfant quatre mois par an, mais elle use des pouvoirs de son charme et de sa ceinture magique pour qu'il passe avec elle les huit mois restants. Adonis devient un jeune homme et l'on peut voir Aphrodite, vêtue comme Artémis d'une tunique courte et armée d'un arc et de flèches, courir les bois à ses côtés.

Mais un jour qu'il chassait seul, Adonis fut chargé par un sanglier qu'il avait blessé au flanc. On dit parfois que c'est Arès, jaloux de l'amour qu'Aphrodite portait au jeune homme, qui avait dirigé la bête. Le jeune homme cherche à se mettre en sûreté mais il est déchiré par les défenses de l'animal qui le jette à terre et s'acharne sur lui. Aphrodite entend les gémissements de son bien-aimé et descend du ciel sur son char traîné par des cygnes. Elle court vers lui, se blessant sur une épine de rose. Elle saigne et c'est depuis

Le culte d'Aphrodite

Le culte d'Aphrodite, certainement venu d'Asie Mineure, est très répandu en Grèce, en particulier à Corinthe et dans l'île de Cythère où se trouvait le temple d'Aphrodite le plus ancien de Grèce, à Chypre et dans les cités grecques d'Asie Mineure. On lui bâtit des temples mais, très souvent, ses cultes se pratiquent en plein air. On lui sacrifie des chèvres. Les femmes font des pèlerinages et des processions pour obtenir d'elle une heureuse progéniture.
À Corinthe et en Sicile, on trouve des prostituées sacrées qui lui sont consacrées ; ce qui n'est pas une pratique habituelle en Grèce.
À Chypre, on perpétue, tous les ans, la mort d'Adonis par les jardins d'Adonis. Dans de petites caisses, on fait pousser des fleurs qui s'épanouissent au moment de sa fête puis on les laisse mourir pour commémorer le destin du jeune homme. Le culte d'Adonis est lié au cycle de la végétation.

ce jour que l'on trouve des roses rouges. Elle prend le jeune homme dans ses bras, déchire sa robe pour étancher le sang de ses blessures. Mais elle ne peut plus rien contre le destin. Adonis meurt. Son sang s'égoutte sur le sable fauve : il en naît des anémones rouges qui perpétueront chaque année le souvenir d'Adonis, chéri d'Aphrodite.

Éros

Éros est un dieu assez mystérieux. Les humains n'ont jamais su quelle était vraiment son origine. Certains poètes[1] pensent que, comme Gaïa, la Terre, il est né du chaos originel. C'est une force créatrice fondamentale. Personne ne peut échapper à son pouvoir, ni les dieux ni les hommes. Mais le plus souvent, on le considère comme le fils préféré d'Aphrodite, sans qu'on sache bien qui est son père : Hermès ou Arès, l'amant préféré de la déesse ? Il est souvent représenté comme un enfant ailé, armé d'un arc et de flèches qui ne manquent jamais leur but. Et celui qu'il touche ressent un amour irrésistible. Il est assez espiègle, il s'amuse à frapper au hasard, à brouiller les ménages au mépris de toute morale. Mais il est également coléreux : c'est ainsi qu'il provoqua l'amour malheureux d'Apollon pour Daphné. Il voulait se venger du dieu qui, le regardant s'exercer à l'arc, se moquait :

– Regardez donc ce gamin ! Mais mon pauvre petit, laisse donc ces exercices aux dieux accomplis. Le dieu archer, c'est moi, qui viens de débarrasser la terre du serpent Python. Toi, tu n'es qu'un enfant ; va jouer à des jeux de ton âge.

Éros le laissa rire et, quand Apollon se retourna, il lui décocha d'un geste sûr la flèche qui devait tant le faire souffrir.

1→ Le premier fut Hésiode dans son poème *La Théogonie* qui évoque la naissance du monde et des dieux. Il établit également un catalogue des dieux et évoque leurs relations.

Mais Éros ne resta pas un enfant, comme les mortels se plaisent à le croire. Il devint un jeune homme, le plus beau des dieux. Sa mère, Aphrodite, l'aimait d'un amour assez possessif et l'utilisait pour toutes les vengeances qu'elle méditait. Mais c'est ce qui le sépara d'elle, un jour.

Éros et Psyché[1]

Il était une fois un roi et une reine qui avaient trois filles, toutes très belles. Mais la plus jeune, Psyché, était d'une beauté surnaturelle ; on la comparait à Aphrodite. Pire, les mortels délaissaient les temples de la déesse pour venir admirer la jeune fille et lui rendre hommage. C'est à elle qu'ils apportaient des offrandes, des couronnes de fleurs. Et ce culte se répandait dans toute la région. La pauvre n'en tirait aucun orgueil, elle en était même désolée, mais que faire ? Ses deux sœurs firent de beaux mariages, mais, elle, ne trouvait pas de mari car les prétendants n'osaient pas demander sa main à son père : son immense beauté les impressionnait trop. Elle se sentait bien seule, abandonnée et profondément malheureuse !

Mais cette punition ne pouvait contenter Aphrodite. L'offense était trop grande :

– Quoi ! Moi, la plus vénérée des déesses, moi sans qui rien ne naîtrait sur terre, je devrais partager les honneurs qui me sont dus avec une simple mortelle ? Mais elle ne se réjouira pas longtemps d'avoir usurpé ma place ! Elle mourra.

1. En grec, *psyché* signifie « âme ». Le conte est à lire comme un conte philosophique sur les épreuves de l'âme avant l'accession à la divinité.

Et elle appela son fils et lui raconta toute l'histoire.

– Au nom de l'amour filial que tu me portes, ajoute-t-elle en grinçant des dents, sous le coup de l'indignation, arrange-toi pour que cette petite prétentieuse tombe amoureuse de l'homme le plus misérable et le plus vulgaire de ce pays.

Que se passa-t-il ensuite ? Le dieu s'égratigna-t-il avec sa flèche ? Ou bien fut-il simplement séduit par l'étonnante beauté de Psyché ? Mais le destin de la jeune file changea alors.

Comme il ne parvenait pas à marier sa fille, le roi décida de consulter un oracle. Il s'en trouvait un très célèbre, à Milet. Quand le roi l'eut interrogé, il fut atterré par la réponse d'Apollon :

– Pour son mariage, habille ta fille de sa plus belle robe et pare-la de ses plus beaux bijoux. Puis va l'exposer au sommet du mont. N'espère pas un gendre né d'une race humaine mais un monstre cruel, qui vole sur terre et dans le ciel et qui bouleverse tout, s'en prend à chacun. Il terrifie tous les dieux, même Zeus.

Le roi rentre chez lui désolé. On prépare les tristes noces de sa fille, tous pleurent et le cortège nuptial ressemble plutôt à un cortège funèbre. Psyché, qui est douce et bonne, tente de consoler ses parents, car, dit-elle, on ne peut aller contre la volonté des dieux. Mais seuls de longs sanglots répondent à ses bonnes paroles. Et c'est une Psyché effrayée, tremblante, que l'on abandonne sur le rocher de son supplice.

Tandis qu'elle attend la mort, une douce brise se lève.

C'est le Zéphyr, qui, d'un souffle caressant, la soulève et l'emporte sur son haleine paisible. Il la dépose enfin, sur un lit de gazon frais, au fond d'une profonde vallée. C'est un endroit charmant. Psyché s'avance timidement, elle traverse des bosquets, admire une fontaine transparente comme du cristal, une cascade, et au cœur d'un bosquet, un palais qui ne semble pas construit de main d'homme mais par un art divin. Inquiète, la jeune fille s'attend à chaque instant à voir le monstre qui va la dévorer mais l'émerveillement est plus fort que la peur et elle pénètre dans le palais. Partout de l'or, de l'argent, de l'ivoire, des pierres précieuses comme pavés, des tissus brodés… Pendant qu'elle s'extasie, voici qu'une voix lui parvient, une voix sans corps :

– Pourquoi rester ainsi stupéfaite ? Tout est à toi. Ici, tu es la maîtresse et nous sommes tes servantes.

Un peu rassurée, épuisée par toutes ces émotions, Psyché trouve une chambre et s'endort sur un lit de plume, couvert de voiles transparents. À son réveil, un repas magnifique lui est servi sans qu'elle voie quiconque et elle peut se réjouir d'une sérénade donnée par un chœur invisible. Elle continue à visiter le palais et, le soir venant, retourne dans sa chambre. Un léger bruit l'éveille : c'est son mari inconnu, qui la rejoint au cœur de la nuit. D'abord elle s'effraie mais il est si doux et si charmant ! Il passe la nuit auprès d'elle puis la quitte avant l'aube. Et une nouvelle vie commence pour Psyché. Elle passe ses journées seule, dans ce décor de rêve, avec tous les plaisirs possibles et, la nuit, vient la rejoindre ce mari qu'elle apprécie de plus en plus.

Son bonheur serait parfait si elle pouvait voir sa famille. Son époux tente de l'en dissuader :

– Ne t'inquiète pas d'eux. Ils feront ton malheur. Tes sœurs cherchent des traces de ta mort sur le rocher où on t'a laissée mais n'approche pas d'elles, n'écoute pas leurs lamentations. Tu serais cause pour nous deux d'une épouvantable catastrophe.

Psyché promet mais elle se désespère de ne pouvoir apporter de réconfort aux siens. Elle ne peut se nourrir et se tord les mains de désespoir. Son époux est pris de pitié :

– Tu te tortures trop. Agis donc à ta guise mais je t'en supplie, ne va pas écouter les conseils que tes sœurs pourraient te donner. Sinon tu seras cause d'une catastrophe pour nous.

– J'aimerais mieux mourir cent fois, lui répond-elle, que d'être privée de toi. Rassure-toi, je ne ferai rien qui puisse nous nuire.

Mais son époux n'est pas tranquille et la quitte en soupirant.

À peine le jour levé, Psyché demande à Zéphyr de lui amener ses sœurs et les trois jeunes femmes s'étreignent et s'embrassent en pleurant. Mais quand Psyché leur a raconté son histoire et fait visiter son palais, quand elle les a comblées de cadeaux, voici que, dans leur cœur, l'affection cède la place à la jalousie. De retour chez elles, les deux sœurs ne tarissent pas de méchancetés et de plaintes. Leur sort, qui jusqu'alors leur paraissait très enviable, leur semble soudain injuste et immérité. Leurs maris deviennent les plus laids, les plus chauves, les plus maladifs, les plus avares des hommes.

– Tu as vu cette arrogante... Dans quel luxe insolent elle vit... Comme elle nous a jeté des miettes de sa richesse... Comme elle nous écrase de sa supériorité ! Et cet époux qu'elle n'a jamais vu... Ce doit être un dieu... Il ne manquerait plus que de la voir mettre au monde un enfant divin. Il faut empêcher cela.

Les deux sœurs ne se trompent pas, car Psyché est enceinte. Son époux et elle sont fous de joie mais, malgré les avertissements répétés, Psyché continue de recevoir ses sœurs, sans s'apercevoir de leurs desseins, car elle imagine naïvement que tout le monde est aussi gentil qu'elle. Mais jour après jour, les deux jalouses distillent le poison dans son âme :

– Et si c'était un monstre, ce mari si doux ! Un horrible serpent peut-être. Et si tu allais être victime d'une bête implacable ? Justement, dans notre rivière, les paysans et les chasseurs ont vu plusieurs fois nager un dragon écailleux, et du bétail disparaît tous les jours. Tu dois te sauver !

Au bout d'un certain temps, des craintes surgissent dans l'esprit de Psyché ; elle finit par croire toutes ces calomnies. Elle craint pour la vie de son enfant.

– Vous avez raison, dit-elle à ses sœurs. Si mon mari refuse que je voie son visage, s'il fuit la lumière, c'est qu'il doit être un horrible monstre. Et vous êtes bien bonnes de m'en avertir. Mais comment faire pour m'en délivrer ?

– Suis bien nos conseils et tu seras saine et sauve. Cache dans ta chambre un rasoir bien affûté et une lampe que tu auras remplie d'huile pour qu'elle donne une vive lumière quand tu l'allumeras. Descends du lit doucement quand il dormira. Fais de la lumière et, quand tu auras vu le monstre, tu lui couperas la tête avec ce rasoir. Nous viendrons alors te chercher ; nous emporterons le plus de richesses possible et tu pourras alors faire un beau mariage.

La naïve Psyché leur obéit en tout. Mais quand la lumière a éclairé son mari, elle voit de tous les monstres le plus charmant, le plus délicieux, Éros lui-même. Elle ne peut se lasser d'admirer son corps parfait, sa peau satinée, ses ailes blanches et veloutées, ses boucles blondes et ses lèvres, ses lèvres... Elle se penche pour les embrasser mais à ce mouvement, une goutte d'huile bouillante tombe de la lampe et brûle la cuisse du dieu. Sous l'effet de la douleur, il bondit hors du lit, s'arrache aux bras de son épouse désespérée et s'envole.

– Pour toi, Psyché, lui dit-il, j'ai désobéi aux ordres de ma mère et je suis venu vers toi par amour. Et voilà comment tu m'as traité ! Tu n'as pas eu confiance en moi et tu as voulu me tuer ! Eh bien, pour seule punition, je te quitterai.

Psyché, effondrée sur le sol, se serait tuée, mais il lui semble qu'elle a une dette à régler avant. Elle va trouver ses sœurs, l'une après l'autre, et leur délivre à chacune le même message :

– J'ai suivi vos conseils. J'ai vu mon époux : ce n'est pas un monstre. C'est le dieu Éros en personne. Mais en éclairant son visage, je l'ai brûlé avec l'huile de la lampe. Il s'est éveillé, m'a découverte avec un rasoir à la main et, indigné, m'a chassée aussitôt. Mais pour ma punition, il m'a chargée de te prévenir moi-même que c'est toi qu'il veut épouser.

Les deux sœurs ont la même réaction : abandonnant là mari et enfants, elles se précipitent sur le rocher et se jettent dans les airs pour être transportées au fond de la vallée. Mais Zéphyr n'est plus là pour les soutenir et, à quelques minutes d'intervalle, chacune va s'écraser au fond du gouffre en punition de sa méchanceté.

Psyché songe à suivre le même chemin mais en route elle rencontre le dieu Pan qui lui redonne espoir :

– Jeune femme, je sais bien que j'ai l'air d'un rustre, mais je suis vieux et j'ai de l'expérience. Je vois bien que tu souffres du mal d'amour, que tu es désespérée. Mais n'attente pas à tes jours. Éros est, à mon avis, le plus grand de tous les dieux mais il est bon. Retrouve-le, montre-lui que tu le regrettes, que tu peux souffrir pour lui et il te reviendra.

Psyché remercie le dieu et se met en quête d'Éros. Mais celui-ci est retourné se faire soigner chez sa mère, qui bondit de fureur quand elle apprend que les souffrances de son fils bien-aimé n'ont d'autre cause que cette Psyché, qu'elle croyait mariée au dernier mendiant du royaume. Elle se jure de la retrouver et de lui faire payer ce nouveau crime.

Cependant Psyché errait dans le vaste monde, à la recherche de son mari. Elle vit un temple en haut d'une montagne.

« Qui sait, se dit-elle, si ce n'est pas là la demeure de mon époux ? »

Elle grimpe péniblement au sommet mais, hélas ! elle ne rençontre que Déméter. Elle saisit les genoux de la déesse et la supplie de lui dire où elle pourrait trouver Éros.

– C'est toi, Psyché, qu'Aphrodite recherche partout, à grands cris ? Elle veut faire de toi son esclave pour te punir. Tu me fais pitié, je voudrais bien te secourir mais il m'est impossible d'encourir la colère de ma parente. Sauve-toi et estime-toi heureuse que je ne te retienne pas prisonnière.

La jeune femme reprend la route. Plus loin, dans un autre temple, Héra lui fait la même réponse. Et cela recommence encore et encore. Son ventre s'arrondit et la gêne. Elle ne peut plus marcher ainsi sans espoir. Alors, désespérée, Psyché ne voit qu'une solution : elle va elle-même se livrer à Aphrodite.

La déesse est toujours aussi furieuse :

– Qu'on commence par la fouetter. Puis qu'on lui rase la tête et qu'on l'habille d'un haillon. On verra ce que devient sa célèbre beauté, vantée par les poètes à l'égale de la mienne. Je veux qu'elle soit traitée comme la dernière des esclaves. Et qu'elle n'espère pas m'apitoyer avec son gros ventre. Je me moque éperdument de ce que deviendra son bâtard.

Quand on lui ramène Psyché, après ces tourments, la déesse éclate de rire, lui donne quelques gifles de plus et ordonne qu'on lui apporte un monceau de graines : blé, orge, pavot, mil, pois chiches, fèves... Toutes les graines de la terre semblent être ici rassemblées.

– Après ta beauté, je vais voir tes talents, se moque la déesse. Trie toutes ces semences, mets à part chaque type de graine. Que le travail soit achevé ce soir. Sinon, c'est le fouet.

Psyché n'essaie même pas de commencer sa tâche. Elle sait bien qu'elle n'en viendra jamais à bout. Mais une fourmi qui traînait là a pitié de la pauvre amoureuse, tyrannisée par une belle-mère abusive. Elle retourne à la fourmilière et convoque toute la troupe des fourmis. Et on les voit se précipiter vague par vague et s'activer de leurs petites pattes. En moins de deux heures les graines sont triées et rangées en pyramides bien régulières. Quand Aphrodite revient le soir, elle se doute bien que Psyché n'a pas pu effectuer ce travail seule. Elle soupçonne un instant Éros de l'avoir aidée mais il est soigneusement enfermé dans une chambre, sous la plus haute surveillance.

Elle commande donc à Psyché une seconde tâche :

– Vois-tu le bois près de la rivière ? Il y paît un troupeau de brebis à toison d'or. Rapporte-moi un peu de cet or.

Psyché trouve l'épreuve plus facile. Un peu plus confiante, elle longe la rivière pour rejoindre le troupeau. Mais de la rive, une voix mélodieuse se fait entendre. C'est un roseau verdoyant qui se balance dans le vent. Ému par ses malheurs, il lui adresse cet avertissement :

– Psyché, ne va pas aborder ces brebis. Elles sont féroces et aiment à se repaître de chair humaine. Elles te dévoreraient. Mais dissimule-toi sous ce grand platane et attends que le soleil soit tombé. Elles iront se désaltérer au bord de l'eau et, quand elles seront reparties, tu pourras récupérer la laine qui s'est accrochée dans les branches.

La naïve Psyché frémit au piège que lui tendait la déesse et se désole de cette haine tenace. Mais elle suit les conseils du roseau et rapporte les flocons de laine dorée à Aphrodite. Celle-ci lui jette un regard soupçonneux, la récompense de quelques gifles et la quitte sans dire un mot pour aller vérifier qu'Éros est toujours enfermé dans sa chambre.

Le lendemain, Aphrodite convoque Psyché ; elle lui tend un flacon et lui demande d'aller le remplir à la source du Styx. Le nom seul de ce fleuve qui alimente les Enfers fait frémir la jeune femme car ses eaux sont empoisonnées mais elle ne dit rien et part. Or sa course est inutile : la source du Styx se trouve sur un rocher si escarpé qu'il est inaccessible. Impossible de recueillir l'eau plus loin, elle se perd aussitôt sous la Terre. De plus des dragons gardent cette source que Psyché entend murmurer :

– Attention ! Va-t'en ! N'approche pas ! Tu vas mourir ! Fuis !

Elle reste là, désemparée. Soudain elle voit planer au-dessus d'elle l'aigle de Zeus. De ses yeux perçants, il a vu la situation. Il connaît l'histoire des amours de Psyché et il la trouve émouvante :

– Pauvre simplette ! Que crois-tu pouvoir faire ? Tu me fais pitié. Donne-moi ton flacon, je vais te le remplir.

Et d'un coup d'aile, l'aigle se propulse en haut du rocher, évitant habilement les gueules menaçantes des dragons. Il recueille les eaux qui protestent mais réussit à les calmer en se réclamant de Zeus.

– Tu as l'air d'être une bien grande sorcière, toi qui exécutes si habilement mes ordres, dit Aphrodite à Psyché, quand elle revint. Mais j'ai encore une commission à te donner. Va aux Enfers et demande à Perséphone de me donner un peu de sa beauté car j'ai usé la mienne à soigner mon fils que tu as blessé.

Cette fois, Psyché comprend que la déesse l'envoie à la mort car un être humain ne peut revenir des Enfers. Elle décide de devancer le destin et de se jeter du haut d'une tour. Mais la tour, sensible à l'amour immense de Psyché, lui dit :

– Ne te tue pas, je t'en supplie. Il te reste une chance de retrouver ton époux. Si tu suis mes conseils, tu pourras revenir des Enfers. Tu en trouveras une entrée dans une caverne, près du cap Ténare. Munis-toi de deux oboles[1] que tu garderas dans ta bouche et de six gâteaux pétris de vin, d'orge et de miel. Ne lâche jamais ces gâteaux, même si on te demande de l'aide : ils te serviront à adoucir Cerbère. Les pièces sont pour Charon mais ne cherche pas à les lui tendre car, si tu fais tomber un seul de tes gâteaux, Cerbère te dévorera. Ouvre la bouche, le passeur prendra son dû. Quand tu rencontreras la déesse, n'accepte aucune nourriture et ne t'assieds pas sur un siège mais par terre. Quand elle t'aura donné le cadeau pour Aphrodite, reviens par le même chemin et surtout ne regarde pas ce que contient la boîte que Perséphone t'aura donnée.

Psyché remercie la tour secourable et suit tous ses

1- Voir p 68

conseils. Effrayée, elle s'engage dans un couloir sombre et étroit qui s'enfonce dans les entrailles de la Terre. Elle voudrait reculer mais son amour la pousse en avant. Elle rencontre un âne boiteux chargé de fagots et un vieillard misérable, qui lui demande de l'aide pour remettre en place la charge de l'animal. Puis, dans la barque de Charon, elle voit une main émerger de l'eau et se tendre, comme quelqu'un qui se noie. Sur l'autre rive de vieilles tisserandes pitoyables la supplient de partager leur tâche épuisante. Mais chaque fois elle refuse, même si son cœur se noue, devant tant de misère. Elle arrive devant Cerbère qui ouvre déjà ses trois gueules pour la dévorer mais prestement elle lui jette trois gâteaux. Aussitôt il se calme.

Psyché est reçue très cordialement par Perséphone, mais refuse tout siège[1] et toute nourriture[2]. Et quand elle a reçu la boîte, remplie en secret, elle remercie très poliment la déesse et repart par le même chemin. Il lui reste trois gâteaux pour Cerbère et une pièce pour Charon, aussi réussit-elle à sortir des Enfers. Mais là, sa curiosité est trop forte. Elle ne peut s'empêcher de regarder le cadeau de Perséphone.

– S'il y a là-dedans de la beauté divine, je puis bien en prendre un peu. Je suis épuisée, je dois être bien laide : comment mon époux pourrait-il me reconnaître et m'accepter à nouveau auprès de lui ?

Sans réfléchir davantage, elle ouvre la boîte. Elle est

1• Lire la mésaventure de Thésée dans *Héros de la mythologie grecque* (Folio Junior Les universels).

2• Lire l'enlèvement de Perséphone dans « Déméter et Perséphone », p. 47.

vide ! Pas la moindre beauté, rien qu'un sommeil de mort ! Et Psyché s'endort et gît sur le sol comme un cadavre.

Mais Éros s'ennuie dans sa chambre. Il pense de plus en plus à Psyché et lui en veut de moins en moins, maintenant que sa brûlure est guérie. Il s'échappe de sa chambre par la fenêtre et s'envole pour la rejoindre. Il la retrouve, comme morte, au bord du chemin.

– Pauvre petite, qui a tant souffert et qui est victime de son amour pour moi ! Mais je crois que je peux la sauver.

Il saisit une de ses flèches et égratigne doucement la peau douce de sa femme. Aussitôt elle s'éveille de son sommeil léthargique et tombe dans ses bras. Mais les deux époux ne sont pas délivrés de la colère d'Aphrodite. Éros est obligé d'aller supplier Zeus de l'aider.

– Je ne devrais pas, répond le dieu bienveillant. Tu m'as provoqué trop d'ennuis avec mon épouse, en me frappant de tes flèches sans discernement. On aurait dit que cela t'amusait de te jouer du roi des dieux ! Mais je ne t'en veux pas. Je sais reconnaître le véritable amour. J'autorise ce mariage et je le ferai admettre à ta mère, ne t'inquiète pas. Quant à Psyché, elle a subi tant d'épreuves avec un courage si admirable qu'elle mérite de prendre place parmi les immortels, à tes côtés pour l'éternité.

Fonctions et attributs des dieux

Chaque dieu a une fonction et est souvent représenté avec un animal, une plante ou un objet qui le caractérisent.
Ces fonctions et ces attributs sont répertoriés dans le tableau suivant :

Dieu	Fonction	Attribut
Zeus	Maître des dieux. Il préside aux manifestations célestes : lumière, ciel clair, pluie, éclairs…	Le foudre. L'aigle.
Héra	Déesse du Mariage. Protectrice des épouses.	Le paon. Elle porte un diadème et tient un sceptre.
Hadès	Dieu des Enfers. Il règne sur les morts et les richesses souterraines. On l'appelle Ploutos, « le riche ».	Une corne d'abondance, symbole des richesses de la terre.
Poséidon	Dieu de la Mer et des Eaux courantes. Il peut provoquer des tempêtes, faire jaillir des sources.	Le trident. Le cheval. Il est monté sur un char tiré par des animaux marins.

Hestia	Déesse du Foyer.	
Déméter	Déesse des Moissons, de l'Agriculture.	L'épi de blé.
Perséphone	Déesse des Enfers.	
Arès	Dieu de la Guerre.	Le vautour. Le chien. Représenté en armes.
Héphaïstos	Dieu du Feu et de la Métallurgie. Forgeron des dieux, aidé des Cyclopes, ses ateliers sont dans l'Etna.	Représenté avec un marteau.
Hébé	Déesse de la Jeunesse. Elle verse le nectar aux dieux.	
Athéna	Déesse de la Sagesse. Elle incarne la civilisation.	La chouette. L'olivier. Représentée armée d'une lance, d'un casque et de l'égide ornée de la tête de Méduse.

Aphrodite	Déesse de l'Amour.	La colombe, le cygne, le moineau. La rose et le myrte, la grenade. Représentée nue.
Éros	Dieu de l'Amour.	L'arc et les flèches. Représenté comme un petit enfant ailé ou un jeune homme.
Hermès	Dieu des Routes, des Voyageurs, du Commerce et des Voleurs. Messager des dieux.	Le caducée. Il est chaussé de sandales ailées et d'un chapeau de voyageur, à large bord, le pétase.
Apollon	Dieu des Arts et de la Divination. Il conduit le char du Soleil.	L'arc, la lyre. Le laurier. Le dauphin, le loup. Souvent accompagné des Muses et de cygnes.

Artémis	Déesse de la Chasse.	Souvent représentée avec un arc et un carquois. Parfois avec un flambeau et un croissant de lune.
Dionysos (Bacchos)	Dieu de la Vigne et du Vin. Il donne l'inspiration.	Une couronne de lierre, une grappe de raisin, le thyrse (bâton entouré de lierre et de vigne)
Ilithye	Elle préside aux enfantements.	
Les Moires	Elles filent le destin des hommes.	Un fuseau.

CES MOTS QUI VIENNENT DE LA MYTHOLOGIE

Noms propres géographiques

L'Amazone, l'Amazonie car, dit-on, les Européens prirent les premiers Indiens pour des Amazones à cause de leurs cheveux longs.
L'Europe
Le Panthéon : monument de Paris où sont enterrés de grands hommes (Victor Hugo, Jean Moulin…).

Prénoms

Ariane (nom d'ailleurs donné à la navette spatiale française).
Denis, Denise : ce prénom vient de Dionysos.
Hélène

Noms d'animaux

Un argonaute : une sorte de pieuvre vivant dans les mers chaudes.
Un argus : un papillon portant sur les ailes des taches ressemblant à des yeux.
Une méduse : un animal marin gélatineux et urticant.
Un triton : une sorte de batracien.

Noms communs, verbes ou adjectifs

Ambroisie : nourriture exquise, suave.

Un apollon, un adonis : un homme d'une grande beauté.

Un aréopage : une assemblée de juges, de savants, d'hommes de lettres…

Un argus : (forme latine d'Argos) un surveillant auquel rien n'échappe.

Arachnéen : aussi fin que les fils de l'araignée ou que la tapisserie d'Arachné.

Une bacchanale : une orgie, une débauche bruyante.

Une bacchante ou une furie : une femme qui se livre sans retenue à l'ivresse et à la débauche. Notons qu'en argot des bacchantes sont des moustaches ! Il s'agit sans doute d'une allusion plaisante aux longues chevelures des prêtresses de Bacchus.

Un centaure : un excellent cavalier qui semble faire corps avec sa monture.

Un cerbère : un gardien inflexible et hargneux.

Le chaos : la confusion, le désordre.

Cyclopéen : énorme, gigantesque.

L'enthousiasme : l'exaltation, l'émotion extrême.

Gigantesque : immense (du mot grec *gigas* qui signifie « géant »).

Une harpie, une mégère : des femmes au caractère épouvantable.

Un hercule (herculéen) : un homme d'une force exceptionnelle.

Un héros (héroïque) : un homme d'un courage exceptionnel.

Méduser : frapper de stupeur.
Muse : allégorie de l'inspiration du poète.
Un musée : lieu dans lequel on peut voir des œuvres artistiques ou des curiosités (le mot « musique » a aussi pour origine le mot Muse. C'est l'art des Muses, l'art de combiner des sons).
Le nectar : boisson de saveur exquise ou suc des fleurs.
Une obole : une aumône, une petite contribution en argent.
Olympien : noble, majestueux.
Un pactole : une source de richesse.
La panique : terreur extrême et irraisonnée.
Protéiforme : qui peut prendre toutes les formes (comme le dieu Protée).
Titanesque : colossal, démesuré.

Expressions

L'âge d'or : le temps passé, que l'on imagine comme plus heureux que le temps présent.
Le fil d'Ariane : le moyen de parvenir à la solution d'un problème complexe.
Sous l'égide de... : sous la protection de…
Monter en amazone : façon féminine de monter à cheval.
Une pomme de discorde : sujet de discussion et de division (par allusion à la pomme que Pâris offrit à Aphrodite).
Une flûte de Pan : flûte faite de roseaux d'inégale longueur.
Nager comme un triton : nager comme un poisson

Se croire sorti de la cuisse de Jupiter : se croire de très haute naissance ; être très orgueilleux.
Un travail de cyclope (ou de titan) : une œuvre gigantesque.

POUR EN LIRE DAVANTAGE

Bibliographie générale

Pierre Grimal, *Dictionnaire de la mythologie grecque et romaine*, PUF.

Robert Graves, *Les Mythes grecs*, coll. « La Pochotèque », Le Livre de Poche.

René Martin (sous la direction de), *Dictionnaire culturel de la mythologie gréco-romaine*, Nathan.

Jacques Lacarrière, *Au cœur des mythologies. En suivant les dieux*, coll. « Folio », Gallimard.

Robert Flacelière, *La Grèce au siècle de Périclès*, coll. « La Vie quotidienne », Hachette Littérature.

Iconographie

Lucia Impelluso, *Dieux et héros de l'Antiquité*, coll. « Guide des arts », Hazan.

Théâtre grec

Eschyle, *Tragédies complètes*, coll. « Folio classique », Gallimard.

Euripide, *Tragédies complètes* (2 tomes), coll. « Folio classique », Gallimard.

Récits (traduits d'écrivains latins et grecs)

Ovide, *Les Métamorphoses*

Hésiode, *La Théogonie*

Hésiode, *Les Travaux et les Jours*

Homère, *L'Iliade* et *L'Odyssée*
Virgile, *Géorgiques*, livre IV (vers 453 et suivants)
Virgile, *L'Énéide*, livre VI (présente la géographie des Enfers)
Apulée, *L'Âne d'or* (Amour et Psyché : livres IV, V et VI)

Mythes (évoqués par les philosophes)

Platon, dans le *Banquet*, évoque le rôle d'Éros dans la création du monde ainsi qu'une nouvelle généalogie d'Éros, fils de Poros et de Pénia.

Dans *Protagoras*, il présente une version de la création de l'homme (XI, 321).

Phédon, la *République*, *Gorgias* évoquent la destinée des âmes après la mort et la géographie des Enfers.

NOTE DE L'AUTEUR

La religion grecque nous paraît à la fois très lointaine et très proche.

Elle est très lointaine pour des lecteurs français, qui ont été élevés dans ou près d'une des trois religions monothéistes qui nous entourent : le christianisme, l'islam ou le judaïsme. Selon ces trois religions, il n'y a qu'un seul Dieu, ce Dieu existe de toute éternité, il est tout-puissant. Même si l'homme a été créé à son image, Dieu n'est pas à l'image de l'homme. Il n'a pas de passions, pas d'histoire. On ne saurait le représenter. Le polythéisme, les amours des dieux, leurs jalousies, tout cela nous paraît aujourd'hui puéril.

Mais cette religion nous est aussi très proche car, depuis la Renaissance, au XVIe siècle, elle baigne toute notre culture. Les humanistes de la Renaissance, persuadés de la supériorité des cultures antiques, nous ont fait retrouver notre héritage latin et grec et ont empli la peinture et la littérature de représentations de dieux et de héros romains et grecs. Cet héritage est encore manifeste à l'époque moderne ; on voit les dieux traverser les écrits des philosophes, les tragédies du XXe siècle, la psychologie, les films, les bandes dessinées… : ainsi Apollon et Dionysos chez Nietzsche, Zeus dans *Les Mouches* de Jean-Paul Sartre, Diane, avec le complexe de Diane… On peint, on sculpte encore des dieux grecs, il n'est qu'à voir les œuvres de Zadkine.

Il n'est donc pas inutile de rappeler les grands mythes fondateurs de la religion grecque. Il est d'ailleurs intéressant de remarquer parfois les similitudes, les points communs avec d'autres religions. La recherche de ces mythes est une entreprise assez difficile car ce qui les caractérise, c'est qu'ils ont été transmis oralement. Il y a même parfois des variantes, suivant les régions ou les époques. De plus, certains cultes, comme le culte de Dionysos, ont été importés d'Orient. Les Grecs ont donc dû intégrer les légendes qui les concernent à celles de leur panthéon traditionnel. Car les mythes, tels que nous les connaissons, sont des synthèses d'époques différentes, bien antérieures à l'écriture. On ne peut donc pas s'appuyer sur des textes qu'il suffirait de traduire car les textes sont fragmentaires et tardifs, les plus anciens poètes grecs, Hésiode et Homère, n'ayant écrit qu'au VIIIe siècle avant notre ère.

Il a bien sûr fallu que je compulse les ouvrages modernes des grands collecteurs de mythes puis que je retourne aux auteurs qui ont fixé par écrit ces mythes. Le plus célèbre, Hésiode, a écrit *La Théogonie*, pour établir une généalogie des dieux. J'ai utilisé aussi les auteurs de tragédies du Ve siècle avant notre ère ainsi que des poètes grecs et latins. Parfois, la conception des dieux ou des lieux mythiques, tels l'Olympe ou les Enfers, varient suivant les époques : ainsi sept siècles séparent Homère d'Ovide, dans les œuvres desquels j'ai le plus « pioché » pour donner vie et poésie aux récits. Quand il y avait plusieurs versions du même mythe, j'ai choisi la version la plus connue, même si elle n'est pas la plus ancienne, celle que les jeunes lecteurs seront à même de rencontrer

Il était difficile de garder à la fois une certaine authenticité aux mythes et de les rendre lisibles par tous. Certains épisodes peuvent paraître brutaux ou choquants ; toutefois j'ai choisi de les conserver car ils ont un sens : ils reflètent un monde où l'homme doit garder humblement sa place face aux forces qui le dominent et que les mythes nomment les dieux, mais aussi un monde où les victoires de dieux anthropomorphes sur les forces primitives de la nature symbolisent le triomphe de la raison et l'établissement d'un monde mieux adapté à l'homme.

Et, sans forcément chercher des symboles et des leçons, on peut simplement lire ici un extraordinaire livre d'aventures.

TABLE DES MATIÈRES

TABLE DES ILLUSTRATIONS ET CRÉDITS PHOTOGRAPHIQUES

Couverture
1er plat : Illustration de Clément Devaux.
2e plat : Illustration de Clément Devaux, détail.
Triomphe de Neptune et d'Amphitrite, détail.
© ph. Christian Jean/Jean Schormans/RMN.
Le Choc des Titans, film de Desmond Davis.
© ph. Collection BCA/Rue des Archives.

1 Poséidon, sculpture grecque en bronze, 460 av. J.-C., musée national d'Archéologie, Athènes. © ph. E. Lessing/AKG. **2g** Statuette de femme aux bras croisés, marbre, vers 2700 av. J.-C., musée national d'Archéologie, Athènes. © ph. AKG **2d** Koré au péplos, marbre sculpté, musée Acropolis, Athènes. © ph. Nimatallah/AKG. **3** Aphrodite dite Vénus de Milo, sculpture en marbre, vers 100 av. J.-C., musée du Louvre, Paris. © ph. Hervé Lewandowski/RMN. **4b** Vue de l'Acropole d'Athènes. © ph. Andrea Baguzzi/AKG. **4-5h** Restauration perspective du sanctuaire de Delphes, A. Tournaire, aquarelle, 1894, École nationale supérieure des beaux-arts, Paris. © ph. Bildarchiv Steffens/AKG. **5 b** Vue du site de Delphes. © ph. Bildarchiv Steffens/AKG **6** Peintre d'Amasis, Dionysos et les ménades, amphore attique à figures noires, 540-530 av. J.-C., Bibliothèque nationale de France. © ph. BNF. **7** Triomphe de Neptune et d'Amphitrite, mosaïque de Constantine, IIIe siècle apr. J.-C., musée du Louvre, Paris. © ph. Christian Jean/Jean Schormans/RMN. **8-9** Sandro Botticelli, *La Naissance de Vénus*, détrempe sur toile, vers 1482, galerie des Offices, Florence. © ph. Rabatti-Domingie/AKG. **10-11** Jean Auguste Dominique Ingres, *Jupiter et Thétis*, huile sur toile, 1811, musée Granet, Aix-en-Provence. © ph. Jean Popovitch/RMN. **12-13** Rodin, *Apollon écrasant le serpent Python*, marbre, photographie d'Eugène Druet, vers 1895, fonds Druet-Vizzavona, RMN, Paris. © ph. Maryse El Garby/RMN. **14** Jules Chéret, maquette de l'affiche pour l'œuvre de Jacques Offenbach, *Orphée aux Enfers*, 1874, Bibliothèque nationale de France, Paris. © ph. AKG. **15** Harry Hamlin et le robot chouette Buppo, dans le film de Desmond Davis *Le Choc des Titans*, 1981. © ph. Collection BCA/Rue des Archives. **16** *Daphné*, sculpture, Chantal Adam, 2000. Droits réservés.

Avec la participation de Pierre Jaskarzec pour
les annexes et le cahier illustré

Direction artistique
Elisabeth Cohat

Maquette
Maryline Gatepaille
Didier Gatepaille (cahier iconographique)

Loi n°49-956 du 16 juillet 1949
sur les publications destinées à la jeunesse
ISBN : 978-2-07-57166-6
Numéro d'édition : 161500
Numéro d'impression : 95519
Premier dépôt légal dans la même collection : septembre 2007
Dépôt légal : mai 2009
Imprimé en France par CPI Firmin Didot